# 인생은 선물입니다

강다연 강승구 강연길 권성희 권혜련 김경아 김귀화 김나림 김맹희 김명희
김민주 김보승 김애자 김영숙 김태은 박보배 박서희 박현하 서혜주 손경민
유명순 윤도연 윤지희 이송희 이순자 이정숙 이현자 전복선 전숙향 조준영
최경순 최수미 최정선 한효원, 그리고 백미정 기획

대|경|북|스

인생은 선물입니다

**1판 1쇄 인쇄** 2024년 8월 12일
**1판 1쇄 발행** 2024년 8월 15일

**발행인** 김영대
**편집디자인** 임나영
**펴낸 곳** 대경북스
**등록번호** 제 1-1003호
**주소** 서울시 강동구 천중로42길 45(길동 379-15) 2F
**전화** (02)485-1988, 485-2586~87
**팩스** (02)485-1488
**홈페이지** http://www.dkbooks.co.kr
**e-mail** dkbooks@chol.com

**ISBN** 979-11-7168-059-7 03810

# Prologue

함께

해요

우리

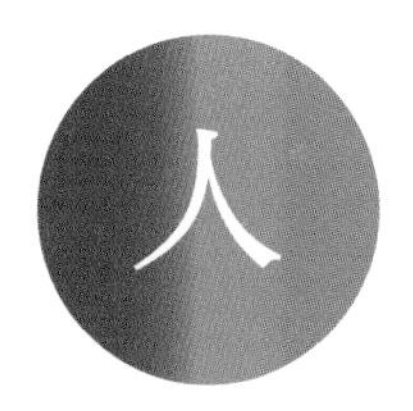


사람 **인**

서로 기대어 서 있는 모양이네요.
기대어 함께 잘 살 수 있는 존재, 바로 '우리'입니다.

날 **생**

흙 위에 싹이 나 있는 모양이에요. 그렇다면 우리네 인생은 지구에 보내진 목적을 따라 열매 맺는 과정이라고 할 수 있겠습니다.

'선물, 현재, 지금'의 뜻을 가지고 있는 present의 어원은 '이미 존재하다, 여기 있다.'라고 합니다.

위 내용들을 예쁘게 반죽해서 책제목이 가지고 있는 의미를 단단히 해 볼게요.

人生은 present입니다.

'지구에 온 목적을 따라 싹을 틔우고 열매를 맺어가는 우리네 인생은 신이 이미 준비해 주신 선물이다.'

인생은 선물입니다.

인생은 선물입니다.

인생은 선물입니다.

위 문장을 한 땀 한 땀 수를 놓는 것처럼 천천히 낭독해 주세요.

(꼭! 읽으시리라 믿어요)

어떠신가요?

뜻을 투명하게 알고 나니, 내 인생이 진짜 선물같이 느껴지실 거예요. 희로애락 삶의 모든 모양이 선물이라고 믿는다면, 즉 삶의 모양이 어떠하든 내가 그것을 선물이라고 받아들인다면 앞으로 우리는 얼마나 더 성장하게 될까요? 벌써부터 가슴이 벅차오릅니다.

함께 침묵하는 것은 멋진 일이다.
더 멋진 일은 함께 웃는 것이다.
두 사람 이상이 함께 동일한 체험을 하고,
함께 감동하고 울고 웃으며
같은 시간을 함께 살아간다는 것은
너무도 멋진 일이다.

- 니체, 인간적인 너무나 인간적인 -

34명의 작가들이 한 자리에 모였습니다. 토요일 아침, 줌(zoom) 공간에서 만나 각자가 쓴 글을 공유하며 함께 웃고 함께 울었습니다. 고개를 젖히며 깔깔대기도 하고, 슬픔을 어찌할 수 없어 흐느끼는 소리만 흘려보내며 말이지요.

혼자였다면 인생이 선물임을 이렇게나 크게 깨달을 수 있었을까 싶어요. 지랄 맞은 내 인생이 아니라 찬란하게 빛나고 있는 내 인생임을요. 글을 쓰고 있는 지금도 울컥합니다.

여러분,

인생은 선물입니다.

믿어 주세요.

시시포스의 바위가 왜 축복인지, 불안하고 두려운 감정이 왜 선물인지, 불편함이 왜 위대함인지, 죽음이 주는 슬픔이 왜 기쁨인지, 챕터별 글이 시작되기 전마다 소개 글을 수록해 두었습니다.

여러분이 선택해 주신 이 책이 더 귀해질 수 있도록, 독서의 시간이 더 가치 있도록 찬찬히 읽어주시길 바랍니다.

'더 좋은 인생을 원한다면, 그 인생에 맞는 언어를 사용하라.'고 하지요. 여러분이 생각하는 더 좋은 인생이란 무엇인지, 그래서 마음의 시선이 머무는 문장은 어디인지, 보물찾기 놀이하듯 즐기며 《인생은 선물입니다》와 함께해 주세요.

책 표지를 쓰다듬어 주는 여러분의 손을 상상해 봅니다.

끄덕이는 여러분의 고개를 상상해 봅니다.

코에서 나는 여러분의 웃음소리를 상상해 봅니다.

어떤 문장에서 멈칫할 여러분의 눈물을 상상해 봅니다.

함께 해요 우리.

2024년 8월,

울컥 그리고 벅차오름으로

책 쓰기 코치 백 미 정.

지구에 온 목적을 따라

싹을 틔우고 열매를 맺어가는 우리네 인생은

신이 이미 준비해 주신 선물이다.

# Contents

# 3장
## 훈련
### 불편함의 위대함

## 4장 죽음
### 마지막 그 온기를 위해

Contents

# 시시포스의 바위 앞에서

## Chapter 1

그리스 신화에 나오는 코린토스의 왕 시시포스는 가장 교활한 사나이였습니다. 시시포스의 만행에 제우스는 분노하고 시시포스의 목숨을 거두어 오라며 죽음의 신 하데스를 보내게 되지요. 꾀가 많던 시시포스는 죽음의 신이 자신에게 올 것을 예상했고 죽음의 신을 기습 공격한 뒤 감금하고 장수를 누립니다.
그러나 수명을 다 누리고 죽은 시시포스에게는 신들을 기만한 죄로 무시무시한 형벌이 기다리고 있었습니다. 그것은 커다란 바위를 산꼭대기로 밀어올리는 벌이었습니다. 바위는 정상 근처에 다다르면 아래로 굴러 떨어졌고 시시포스는 떨어져 있는 바위를 다시 산꼭대기로 밀어올리는 이 고역을 영원히 되풀이해야만 했습니다.

혹자는 이야기합니다. 시시포스가 버텨냈던 삶, 반복했던 삶은 무의미한 것이라고 말이죠. 일본어 사전에는 시시포스의 바위를 '헛된 노력의 비유'라고 표현해 놓기도 했습니다. 자, 이번에는 다른 시선으로 바라볼까요?

> 시시포스는 절망적인 상황에서도 전진한 영웅의 본보기다. 인간에게 절망에 맞서는 능력이 없었다면 베토벤이나 렘브란트, 미켈란젤로, 단테, 괴테 그리고 문화를 발전시킨 다른 위인들은 없었을 것이다.
>
> - 롤로 메이, 신화를 찾는 인간 -

'시시포스의 바위는 헛된 노력의 비유가 맞아.'
'시시포스의 바위는 절망적인 상황에서도 전진한 영웅의 본보기야.'

여러분의 생각은 어떠한가요?

현상이 가지고 있는 뜻이나 가치를 '의미'라고 합니다. 현상이 중요한 것이 아니라, 그것에 어떤 뜻과 가치를 두느냐가 중요하다는 것이죠.
우리 작가님들은 시시포스의 바위를 '사막 한 가운데서도 삶을 영위하고 창조하는 선명한 초대장(알베르 카뮈의 말)'으로 받아들이기로 했습니다. 그러나 삶에서 굴러오는 시시포스의 바위를 혼자서는 이겨내지 못합니다. 이 챕터의 글들은 시시포스의 바위를 의미 있게 만들어 준 동행자들에게 바치는 공간입니다.

형, 백만 원 부쳤어.
내가 열심히 일해서 번 돈이야.
나쁜 데 써도 돼.
형은 우리나라 최고의 시인이잖아.
- 이문재. 문자메시지 -

이문재 시인에게 시시포스의 바위 같았을 시 쓰는 인생에서 동행자 중 한 명은 동생이었네요. 여러분, 살다 보면 살아집니다. 여러분, 함께 살다 보면 행복하게 살아집니다. 내 인생의 소중한 동행자들과 함께, 1장의 글들과 함께, 시시포스의 바위를 마음껏 즐겨주시길 바랍니다

강다연

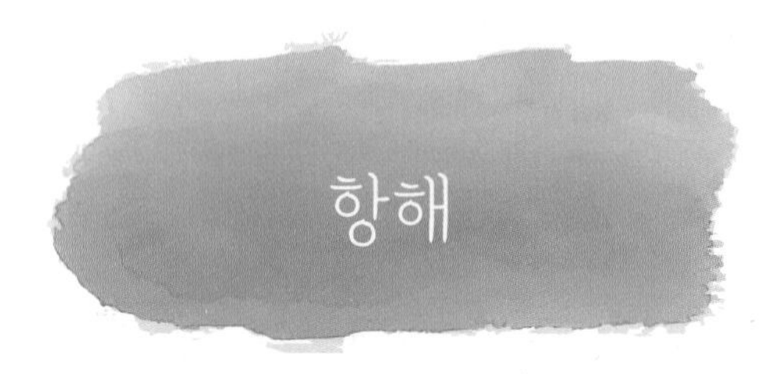

# 항해

한 치 앞을 모르는 바다,

인생은 마치 바다와 같다.

햇살이 잔잔한 해수면에 비쳐 보석같이 반짝이기도 하고

한순간에 출렁이며 큰 파도가 덮쳐올 수 있다.

인생이란 바다에서 삶을 살고 있는 우리는

항해사와 같을 것이다.

원래 알고 있던 항로로 지나가는 것은 익숙해져서

나침반 없이도 갈 수 있지만,

모르는 곳으로 향할 때에는

나침반 같은 이정표에 의지하며 간다.

우리가 모르는 세계로 나갈 때
항상 인도해 주고 도움을 주는 나침반은
선생님 같은 존재이다.
우리는 모두 학창시절을 보내며
수많은 친구를 사귀는 동시에 수많은 선생님을 봐왔다.
선생님들마다 각기 다른 특징을 가졌고
그 특징에 따라 나침반이 가리키는 방향이 달라지기도 한다.
하지만 공통적으로 우리가 바다 위를 헤매고 있으면
올바른 방향을 알려주어 섬이 있는 곳으로 이끌어 준다.
비록 그 섬이 아무도 살지 않는 무인도라 해도
쌓였던 피로를 풀고 배를 정비할 수 있는 장소가 되어준다.

처음에는 휙휙 돌아가다가 갑자기 멈추어 방향을 잡아주는
나침반처럼,
모르는 것을 여쭈어 봤을 때 잠시 고민하다
나에게 필요한 답을 주시는 존재,
선생님.

물론 가리킨 방향이 내가 생각한 방향과 다를 수 있다.
가족 간에도 갈등이 있고 부부간에도 갈등이 있는데
타인인 선생님과 어떻게 매번 똑같은 생각을 가질 수 있겠는가?
내가 생각하는 방향과 다르더라도

인생 선배인 선생님께서 가르쳐주신 방향을 참고해서
헤매지 않고 가면 된다.
아니, 조금 헤매더라도 괜찮다.

내 학창시절을 떠올리면
수업은 졸리고 이해 안 되는 경우가 많았다.
하지만 가끔씩 재밌기도 했고 모르는 지식을 하나 더 배워
세상을 바라보는 시선을 넓혔다는 뿌듯함과 성취감도 있다.

인생을 항해할 때면 나침반 말고도 많은 것이 나를 이끌어 준다.
등대는 나의 가족들과 친구들,
지도는 내 삶의 궁극적인 목표,
잔잔한 파도는 어린 시절 가족들과의 단란한 추억이다.
이 모든 것의 도움을 받으며
내 인생의 항해를 무사히 마쳤으면 좋겠다.

강승구

# We are magnetic friends

나와 친구들은 마음속에 자석을 지니고 있어요. 그래서 잘 맞고 가까이서 많은 시간을 함께하죠. 하지만 항상 즐겁고 행복한 것만은 아니에요. 예를 들어 볼게요.

자자, 예쁘고 잘생긴 우리 독자님들. 지금이 시험기간이라고 생각해 봅시다. 뾰로롱!

시험기간에는 서로 예민해져 사소한 실수도 크게 느껴지고 안 좋은 점들이 자꾸 보어요. 이럴 땐 우리 마음속에 지니고 있는 자석을 끌어당기는 힘, 즉 자력이 떨어져요. 자석은 '도메인'이라고 하는 미세한 영역이 있어요. 그 영역이 질서 없이 흐트러질 때 '자력'이 떨어져요. 반대로 도메인이 질서 있게 잘 정리되어 있으면 자력이 생기게 되지요.

여기서 '도메인'이란 친구를 대하는 나의 생각이고, '자력'은 친구와의 관계라고 생각하고 다시 들여다보자고요.

안 그래도 예민하고 힘든데, 친구를 대하는 좋은 생각들까지 흐트러지며 긍정적인 생각들보다 부피가 큰 부정적인 생각들까지 올라오니 친구와의 관계가 멀어지게 돼요. 이때 중요한 하나를 알게 되었어요. 친구관계가 정리된다는 것을요.

어떤 친구는 흐트러진 관계를 긍정적으로 되돌릴 힘이 없고 남탓만 하며 점점 멀어지게 돼요. 반면 진짜 좋은 친구들은 이러한 상황 속에서도 자신의 부정적인 생각을 바로잡아요. 그리고 최선을 다해 관계를 긍정적으로 돌아오게 하죠. 저는 주변에 이러한 친구들이 많아요. 그래서 너무 감사하고 행복하고 듬직해요.

이렇게 글을 통해 친구들에게 제 마음을 표현할 수 있어 좋아요.

항상 고마워,

My magnetic friends!

내 맘 알쥐?

강연길

# 솜뭉치와 나무

어느 날 무언가 이끌리듯
솜뭉치와 나무가 만났어.
때로는 앙칼지고
때로는 엉뚱한
뭐가 좋은지 깡충깡충 주변을 맴돌며
솜뭉치와 나무는 그렇게 지냈지.

비가 내리는 날이면
나무는 자신의 한 귀퉁이를
솜뭉치에게 내주어 비를 피하게 했고,
솜뭉치가 낮잠을 자는 날에는

낙엽으로 부채와 이불이 되어 주었지.

그렇게 시간이 흐르고 어느 날,

솜뭉치는

사랑과 기다림

괜찮아를 알게 되었어.

묵묵히 옆에 있어준 나무 덕에

솜뭉치는 성장한 거였어.

그렇게 둘의 만남은 운명이 되었지.

묵묵히 옆에 있어준 나의 소중한 나무여,

그리고 어렸던 나의 솜뭉치여,

고마워.

그리고 사랑해.

권성희

# 아낌없이 주는 나무

존경하는 우리 엄마는
아낌없이 주는 나무를 닮았어요.

엄마라는 존재 자체로도
큰 힘이 되는 흔들리지 않는 나무로 서 있다가
제가 자라면서는
세상 속에서 햇볕 쨍쨍 내리쬐는 폭염을 피하라고
그늘을 만들어 주셨지요.
바람이 불면 엄마를 꼭 붙잡고 있으라며 줄기도 내어주고,
폭우가 몰아치면 엄마의 큰 잎들로 우산이 되어 주기도
하셨습니다.

엄마를 생각하면
'부스럭부스럭' 소리가 들리는 듯해요.
자식들이 좋아하는 것을 먹이기 위해 바지런히 몸을 움직이고
맛나게 음식을 먹는 자식들을 사랑스레 바라보는
엄마의 눈빛엔 기쁨만이 있었지요.
정작 엄마 본인은 한 입도 먹지 않으면서 말이죠.

때로는 엄마의 큰 기대감이 저를 힘들게도 하였지만
'덕분에 내가 나를 잃지 않고 살고 있구나.'하고
생각하게 됩니다.
엄마가 계시지 않은 지금,
더욱 엄마가 그립습니다.

자식들을 위해 물불 안 가리고
생활전선에 뛰어들었던 엄마!
고맙습니다.
저도 '엄마'라는 이름으로 살아가며
엄마에 대한 존경심이 무럭무럭 자라납니다.
엄마가 곁에 없으니
엄마라는 나무가 얼마나 컸는지,
얼마나 아낌없이 베풀어 주셨는지를 더 많이 느끼게 됩니다.

아낌없이 받은 엄마의 사랑을 제 아이들에게 돌려주며
저도 큰 나무가 되어갑니다.
엄마의 딸답게.

권혜련

# 산책

때론 적당한 그늘이 되어주고
때론 따스한 햇살처럼 감싸주는
내 인생의 동행자,
남편은 편안한 숲길 같다.

함께 걷고,
함께 이야기 나누며,
서로 잘되길 바라고
서로 기대어
힘이 되어주는 사람,
내 남편.

솔솔,
바람에 나뭇잎이 나부끼는 소리처럼
내 곁에 늘 있는 듯 없는 듯
인기척을 느끼고서야 비로소 그가 있다는 걸 알게 해 주는 사람.

한 가정을 꾸리고 아이들을 키웠던 일,
처음 겪어보았던 큰 경험 앞에서
모든 것이 서툴고 어려워 서로에게 상처를 주었던 시간들이
이해와 성장의 과정을 거쳐
삶의 지혜라는 큰 선물이었음을 깨닫게 해 준 고마운 사람.
늘 내 마음을 살펴주는
유머러스하고 따뜻한 사람.

그와 함께하는 내 인생 여정은
싱그러운 자연 속,
편안한 호흡과
가벼운 발걸음의 산책이다.

김경아

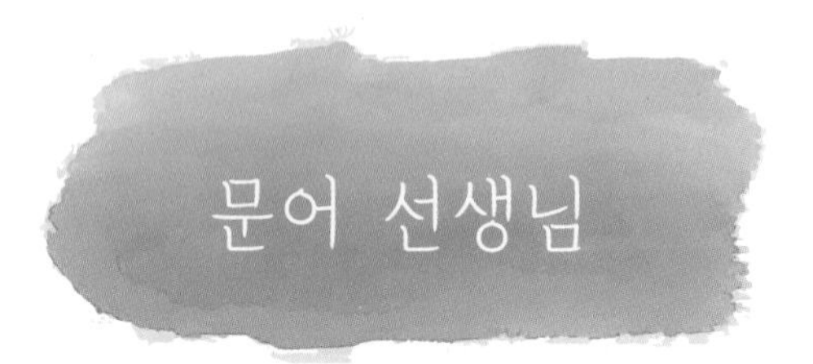

# 문어 선생님

나의 남편은 문어 선생님이다.

우연히 넷플릭스에서 본 영화 〈문어 선생님〉의 주인공, 문어를 닮았기 때문이다. 어린 문어 선생님은 바다 속 조개와 소라를 이리저리 굴려가며 즐거워했다. 어렸던 남편의 모습처럼. 아버지가 된 문어 선생님은 수백 개의 알들을 바위 사이에 매달아 둔 채 목숨과 바꿔가며 새 생명들을 탄생시켰다.

그리고 죽었다.

아버지가 된 남편은 월급만으로는 아이들을 키울 수도, 집을 마련할 수도 없다며, 동원 가능한 모든 돈을 끌어 모아 사업체를 운영했다. 그때 나이가 고작 32살이었다. 그 어린 나이에 사장으로 산다는 것이 호락호락 할 리 없었다. 수금하러 갔던 직원이 돈을 들고 도망간 일이 있었는데, 소주로 몸을 데워가며 새벽까지 집 앞을 지켜도 결국 잡지 못했다. 납품을 하고 돈을 받지 못한 일이 반복되어도 돌아가는 공장을 멈출 수가 없었고 월세는 계속 나가야 하는 상황이었다.

결국 빚만 가득 안고 일을 멈출 수밖에 없었던 문어 선생님.

혼자서 견뎌낼 때 얼마나 무겁고 외롭고 화가 나고 속상했을까.

나의 남편, 나의 문어 선생님.

그 힘든 고비들 넘어가며 가족을 잘 지켜주어 고맙습니다.

그리고 행복하게 해 주어 감사합니다.

두 딸과 있을 때는 젊은 문어 선생님의 모습도 보이더군요.

참 다행입니다.

참 감사합니다.

참 소중합니다.

나의 남편, 나의 문어 선생님.

김귀화

# 그녀와 함께라면

오리털 이불 같은 우리 딸.
우리 공주님, 우리 딸은
오리털 이불을 덮는 것 같이 포근함을 주는 존재.

차가운 겨울밤,
그녀의 존재는 나의 마음을 사르르 감싸 안아준다.

그녀의 미소는
부드러운 천의 결처럼 내 마음에 스르륵 닿아
따스함을 전해준다.

어릴 적, 우리 공주는
삐약삐약 작은 소리로 나를 부르며 꼬물꼬물 움직였지.

그녀의 조그마한 손과 발이 무럭무럭 자라나는 모습을 보며,
내 마음도 함께 커져갔다.

매일 반짝반짝 빛나는 눈으로
나에게 새로운 희망을 주었다.

때로는 인생의 거친 바람이 휘몰아치기도 하지만,
그녀와 함께 있으면 이겨낼 수 있다.

그녀는 나의 안식처이자 위로가 되어준다.
그녀의 존재는 나에게 언제나 편안함과 안도감을 준다.

이불은
우리가 몸을 맡기고 쉴 수 있도록 도와준다.
우리 딸과 함께하는 시간이 그러하다.
나에게 포근히 다가와
평화와 안정감을 선물해 준다.

그녀는

나의 삶을 따뜻하게 감싸주는 존재이다.

어떤 날은 그녀와 함께하는 시간이

나의 삶을 더 따뜻하게 만들고

어떤 날은 그녀의 조용한 응원이

나에게 큰 힘이 된다.

그녀는 내 삶에서 없어서는 안 될

소중한 존재이다.

그녀와 함께라면,

세상의 어떤 어려움도 견뎌낼 수 있을 것 같다.

그녀는

나의 마음을 항상 따뜻하게 해주는

이불 같은 딸이다.

김나림

5년 동안,

매일 새벽 6시에 만나고 있는

624(6시를 2번 만나는 4람들) 멤버들은 숲과 같다.

평범한 삶 속에서 위대함을 끄집어내는

훌륭한 사람들의 새벽 시간,

자신을 일으켜 세우는 경이로운 순간을

우리는 매일 목격한다.

침대가 나를 불러도 624 공간에 들어오면

나의 영혼이 몹시 매끄러워지는 느낌이 든다.

무엇이든 해낼 수 있을 것 같다.

한 사람 한 사람의 인내와 감사함이 모여 숲을 이룬
624!

이것은 신의 선물이다.

김맹희

# 잊지 않기를요

꽃같이 사랑스러운 84명의 에어로빅 회원님들.
영롱한 진주 같은 그대들.
리듬 속 그대들과 내가
표정에 신뢰의 언어를 실어 기쁨을 창조하는 시간.
우리는 아름다운 행위를 반복하며
건강한 삶, 무형의 자산을 선택합니다.

우주 최강팀인 우리는
'사흘 안에 목표를 이루자.' 슬로건을 체득하기를.
이유 불문하고 결석하지 않기를.
말 그대로 최강이 되기를.

억겁의 시간, 인연으로 오셔서
건강 데시벨의 진동으로
함께 호흡하며 땀 흘리는 축복된 인연들.
그대들은 무지개빛 포장지에 품격 있게 담겨진
영롱한 진주알 같은 '선물'입니다.

50분 수업을
자기계발 시간으로 승화시키는
참된 제자님들.
함께 뛰며 웃는 시간들을
선명한 감사로 기록합니다.
사랑받고 있다는 진실,
잊지 않기를요.

늘 존경합니다.

김명희

# 나의 영혼에게

너를 느끼려면
네가 오기도 하고
내가 가기도 한다.

고요하면 따라오고 있는지 힐끔 뒤돌아보고
휘몰아쳐 앞서가면
"잠깐만!"
큰소리로 멈추게 한다.
그렇게 엎치락뒤치락 반걸음 곁에서
동행자가 되어간다.

가끔은 멍하니 시간을 흘려보냈고
혼란스러움이 자주 몰려왔다.
너와 멀어져서 그랬다는 것을
곁에 있어보니 알게 되었지.

와줘서 고마워,
나의 영혼아.

너무 고요하면 알아보지 못할 때가 있으니
앞으로도 반걸음만 곁에서
너의 존재를 일러주길 부탁해.
바람이 손끝에 스치듯 말이야.

**김민주**

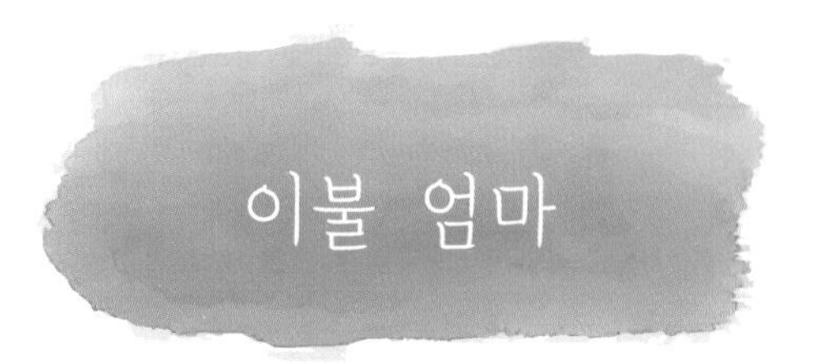


포근하고 부드러운 엄마의 품은
나를 따뜻하게 감싸주는 이불을 닮았다.

"이거 해 봐라."
"이건 안 하면 좋겠다."
코흘리개 시절부터 아이의 엄마가 된 지금까지
나에게 등대가 되어 주는 엄마가 있어서 감사한 인생이다.

어렵고 힘든 상황에서도 언제나 내 편이 되어 주는
우리 엄마 덕분에
오늘도 신나는 하루가 시작된다.

고맙고 감사하고,

소중하고 귀하고,

미안하고 죄송하지만,

여전히 함께여서 행복이 넘치는 지금이 참 좋다.

눈물 나게 힘들고 지칠 때면

나를 안아주는 엄마를 닮은 이불을 덮으면

편안함에 스르르 잠이 든다.

엄마,

언제나 고마워요.

언제나 사랑해요.

김보승

# 엄마가 내 엄마라서 너무 좋다

항상 내 곁에 있어주는 엄마는

더운 여름,

그늘을 만들어 주는 나무 같다.

일을 한다고 바쁘시지만 주말이 되면

나와 둘만의 시간을 보내주는 엄마가 계셔서 신난다.

엄마가 내 엄마라서 너무 좋다.

내가 원하는 것은 무엇이든 들어주고,

내 마음을 잘 이해해 주니까.

고맙고 사랑하고,

신나고 즐겁고,

상냥하고 친절하고 다정한 엄마와 함께 있으면

편안해서 좋다.

내가 말을 안 들으면 도끼눈이 되는 엄마가 무서울 때도 있지만

나는 안다.

엄마가 나를 많이 사랑하고 계시다는 것을.

봄, 여름, 가을, 겨울.

자신만의 옷을 입고

시간을 견디고

묵묵히 자리를 지키는

뿌리 깊은 나무.

엄마는 나에게 이런 사람이다.

나에게 사랑을 듬뿍 주는 엄마를 닮고 싶은 나.

너무 행복하다.

김애자

# 우리 다시 만나거든

엄마!
이름만 불러도 따스한 솜털 이불로
내 몸을 감싸주는 듯해.
포근함과 친근감으로 다가오는
나의 사랑, 나의 친구, 엄마!
초등학교 시절, 학교에서 공부를 마치고 집에 돌아오면
엄마는 대청마루에서 미소 띤 얼굴로 나를 반겨주셨지.

마루에 앉아있는 엄마 무릎을 베개 삼아 누워 있노라면
그 시간만큼은 내가 세상에서 가장 행복한 사람이라고
바람이 속삭이듯 내 귀에 들려주었지.

엄마와의 추억을 떠올릴 때면
나는 한 마리의 나비가 되어 훨훨 날아서
어린 시절의 추억 여행을 떠나곤 했지.
엄마,
나의 엄마로 이 세상에 와줘서 고마워!

지금은 하늘나라에서 나의 모든 일상을 지켜보며
잘 한다 잘 한다 박수를 보내주고 계실
나의 영원한 사랑,
나의 엄마!
이다음 하늘나라에서 우리 다시 만나거든
그때도 엄마 딸로 행복하게 살고파요.
나의 사랑,
나의 벗,
나의 엄마!

김영숙

# 또 다시 마법사가 된다

그녀들과의 만남, 대화는

구수한 애호박 된장찌개와 영양 솥밥을 생각나게 한다.

김이 모락모락 나는 갓 지은 따뜻한 영양밥이다.

건강 영양밥을 떠서 앞 접시에 놓고

뜨거운 물을 부어 누룽지를 기다리며 대화의 실타래를 풀면

후식까지 먹어야 끝이 난다.

그러면서도 헤어지기 아쉬워한다.

그녀들은 보이지 않는 곳에서도 묵묵히 사랑을 전하는,

세상을 아름답게 만드는 화가와 같다.

사람들의 어려움과 아픔을 함께 공감하며

아름다운 물감으로 채색하는 화가이다.
아이들을 향한 두 눈은
반짝반짝 빛나는 무지개 같은 사랑을 마구 쏟아낸다.
아이들마다 가지고 있는 마음의 키에 따라
눈높이를 달리할 수 있는 마법사와 같은 선생님들이다.
그러나 진심의 높이와 넓이, 결은 같다.

때론 우리가 하는 일을 누가 알아줄까 싶다가도
아이들을 만나면 저절로 마음이 열리고 사랑이 피어난다.
건강한 재료를 모아 엄마 마음으로 보글보글 찌개를 끓여
밥 한 숟갈 떠먹이듯,
지치고 기운 없는 아이들에게 사랑과 격려로
든든한 힘을 북돋는다.

이따금 마법이 풀려 버린 그녀들이 모인다.
나누지 못한 사랑이 가슴 속 가득하다.
시간 가는 줄 모르고 서로 숨겨놓았던 사랑을 풀어 놓으면
속이 시원해진다.
든든한 집밥을 먹은 듯 보약 같은 힘이 난다.
세상이 따뜻해 보인다.
또 다시 아이들을 만나 마법사가 된다.

김태은

# 바다를 닮은 내 사람들

나는 바다가 좋다.
끝도 없는 수평선과 파란 바닷물이
나에게 힘을 내라고 잘하고 있다고
위로와 격려를 해주는 듯하다.

"그럴 수 있어. 사람은 가끔 실수도 하는 법이지."
"힘들면 쉬어 가는 것도 방법이다."
"한번 부딪혀 봐. 안 되면 될 때까지!"
고민을 털어놓으면 격려해주는 내 사람들, 오랜 친구들은
내가 좋아하는 바다를 닮아 있다.

넓고 깊은, 푸르고 예쁜 내 사람들.

이 글로 제 마음을 전합니다.

여러분의 격려로 지금의 제가 있는 거라고요.

바다를 바라보며 마시는 한 잔의 커피처럼,

우리네 시간들에 달달한 날이 더 많기를 바라봅니다.

박보배

# 자연을 닮은 당신에게

자연을 그리는 당신.
자연 속에서 자연스러운 그대.

날것의 자연이
산을 찾는 우리에게 할 말이 많은 듯
꿀참나무이파리로 살랑살랑 손짓한다.
그냥 둬도 돼.
억시로 맞추지 않아도 돼.
자연스러운 것이 제일 좋아.

남편과 내가 잘 맞는 것이 뭐지?

한참을 생각해본다.
연애 시절,
왜 끌렸었지?
왜 그렇게 보고 싶었지?
그런데 함께 살면서 왜 맞는 것이 없다고 생각했지?
모두가 내가 만들어 놓은 생각들 때문인 걸.
실컷 싸우고 살고 시간이 이렇게 지나고서야
서로의 영혼에 대해 어렴풋이 알아간다.

당신은 나의 또 다른 나인 것을,
시간이 흘러 이 나이쯤 되어서야 알게 되다니.
당신 뒷모습을 보고 있으면
마음이 짠해온다.
당신의 수고로움이 느껴져서
오늘은 내 마음에 울컥, 옹달샘이 만들어진다.

붓을 잡은 당신의 손,
그 손에 반했던 나.
그림 그리는 화가,
낭만적이지.
낭만과 예술과 현실 사이를 뛰다가 걷다가를 반복하면서
우리 마음은 옥토가 되었고

이제 곡식을 심을 수 있는 밭이 되었어요.

한결같은 모습으로
늘 푸른 소나무로 우리 가정의 울타리가 되어준 당신이 있었기에
나는 행복한 삶을 살며
우리다운 무늬를 만들며 살 수 있었지요.

진심 하나면 되었을 것을,
사랑 한 조각이면 충분했을 것을.
싸우다 살다가 싸우다 살다가
상처가 생긴 자리는 이제
아름다운 옹이로 무늬를 만들고
그 옹이를 쓰다듬으며 추억이라 회상한다.

자연스러운 자연 님.
당신이 있어 나도 자연스러운 내가 되어갑니다.

박서희

# 인생 맛집

인생여행에 특별한 동행자,

사랑하는 아빠.

힘들 때 즐거울 때

돌아보니 항상 제 옆에 계셨네요.

아빠와 단둘이 살면서 행복했던 시간들을

문득문득 떠올려 봐요.

출근하는 딸을 위해 차려주시던 구수한 아침밥상.

된장찌개, 명란 알찜, 알싸한 총각김치, 따뜻한 콩밥.

아빠의 인생 맛집에 나는 단골손님으로

매일 초대 받았네요.

지금도 가끔 생각나요.
삶의 허기짐까지 채워주던
아빠의 든든함이 말이에요.

퇴근하고 텔레비전 보면서 수다 떨던 소소한 일상.
요양원에 계신 엄마 모셔다가 주일마다 예배드렸던 순간.
자고 일어나면 머리맡에 놓여 있던 아기자기한 간식.
재래시장에서 함께 장을 보던 정겨운 기억들.
도봉산 자락 맛집에서 도란도란 식사 나누던 시간들.
어느 새 아빠와의 행복한 시간여행이 되었어요.

함께 웃고 함께 울었던
따뜻한 시간들 속에서
한때는 원망과 미움도 많았지만
이제 조금은 알 거 같아요.
아빠의 마음, 아빠의 사랑을요.
사랑해요, 아빠

오늘따라 더 그리워지네요.
아빠의 인생 맛집.

주일예배 후 사랑하는 아버지와
도봉산 식당에서

박현하

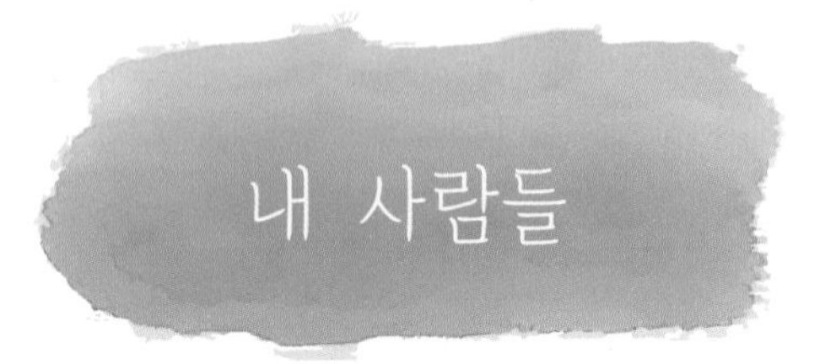

# 내 사람들

한없이 내어 주고픈 내 사람들.
모든 걸 내어 주고픈 내 사람들.
생각만 해도 애틋하고 기쁘고 행복하고 벅찬
내 사람들.

애쓰지 않아도, 척하지 않아도,
그저 가족이란 이름만으로도
평안함을 주는 내 사람들.

함께 맛있는 거 먹고
함께 여행하고

함께 있는 것만으로도
평안함을 주는 내 사람들.

잔잔하고 드넓은 푸른 바다,
나무숲 사이로 불어오는 한 줄기 바람
내겐 가족이 이와 같은 평안함이다.

다 내어 주고 싶다.
다 내어 주고 싶다.

오늘도
나의 행복을 위해
내 사람들의 행복을 위해
더 잘 살아보려 했다.
토닥토닥,
오늘 하루를 마무리해 본다.

서혜주

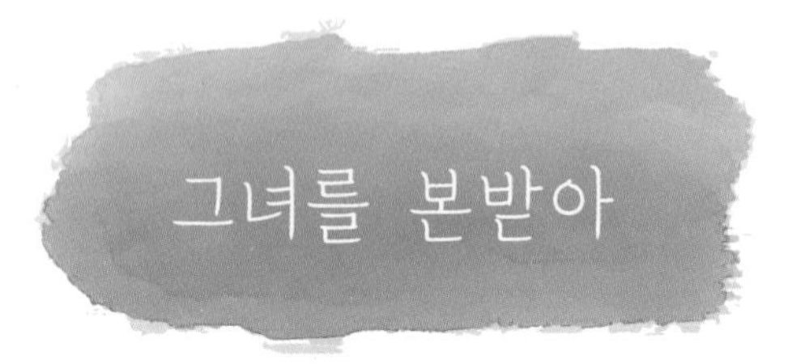

# 그녀를 본받아

비빔밥의 화룡점정 고추장.

각종 재료가 제각각 맛을 뽐낼지라도

마지막 그 한 숟가락이 없으면

최상의 맛, 환상적인 맛을 낼 수 없다.

나를 아껴 주시는 교회 집사님이 그러한 존재이시다.

어느 곳, 어떤 상황에서도 그녀는 돋보인다.

자신을 드러내서가 아니라 남을 높임으로써,

뛰어난 위트와 명철한 지혜로써 말이다.

숭덩숭덩.

보글보글.

하하호호.

그녀가 가장 빛나는 곳은 단연코 주방이다.

교회의 보배 그녀에게 반한 나는

자진해서 홀수 달 주방 봉사를 자처하였다.

함께함이 나의 기쁨이요 복이므로.

깊은 맛, 감칠맛으로 풍미를 더하는 그녀를 본받아

내 믿음의 여정 또한 잘 영글어가고 익어가길 간구한다.

유명순

# 귀한 바다

하나님 말씀으로 방향을 제시해 주시는 목사님을 생각하면 바다가 떠오른다. 수평선을 바라보게 만드는 넓은 바다와 같이, 우리 마음을 확 트이게 하는 시원함을 선사해 주신다. 잔잔한 물결이다가도 거센 파도가 되어 바위와 부딪히지만 결국엔 아름다운 물보라를 만들어 낸다.

어떻게 하면 영혼들을 좋은 방향으로 섬길 수 있는지 늘 고민하셨고, 어려운 상황 가운데 처한 자를 돌아보는 일을 감당하며 계획을 수행하셨다. 말씀보다 실전에서 느끼고 보게 하셨다. 사람과 상황에 대한 편견이 생기게 하지 않으시려는 따스한 배려였던 것 같다.

반짝반짝 빛나는 귀하신 분.

하나님의 은혜로 친구와 같이 이야기를 들어주고 아이디어를 주기도 하셨다. 힘이 없고 늙으신 어르신과 장기 결석자에게 전화하며 안부를 물으신다. 어찌할 바 모르는 상황인데도 참고 대응하시는 모습을 보여주신다.

목사님은 이래도 되는지 모르겠다는 생각을 자주 하게 하셨다. 코로나 시기, 평소도 그러하셨지만 연장을 직접 들고 작업을 하시며 늘 메모를 함께 하셨다. 넓은 옥상에 틀을 설치하고 흙을 옮겨놓으니 놀랍게도 멋진 텃밭이 완성되었다.

공동체와 함께 봄에 씨앗을 뿌리고 물을 주니 예쁜 싹이 자랐다. 감자를 수확해 된장찌개 끓어 풍성한 식탁을 만들어 주시니 감사했다. 주변에는 채송화와 소국이 함께 자라며 더욱더 아름다운 공간을 만들어 주었다.

수평선을 향한 눈길 위에 시원함과 평안함이 겹치듯, 목사님은 우리에게 믿음과 은혜를 더하여 주셨다. 바위에 부딪히는 파도가 더 이상 무섭지 않다. 시원하고 통쾌하기까지 하다. 목사님과 함께 하는 시간 덕분이다.

윤도연

# 푸른 솔잎, 가족의 사랑을 노래하다

푸른 솔잎, 바람에 스치는 그 모습.
험한 절벽, 꿋꿋이 서 있는 그 자태.

희망을 노래하는 솔잎,
삶의 끈기를 보여주는 솔잎.
우리 가족,
푸른 솔잎처럼 꿋꿋하고 아름답구나.

변치 않는 부모님의 따뜻한 손길,
우리 자매 함께 나눈 소중한 추억들.

푸른 솔잎 아래,

가족과 함께 산책했던 그 날.

우리들의 편안한 웃음소리,

따사로운 햇살 아래 반짝이던 솔잎 향기.

함께 찍은 가족사진.

지금도 아름답게 간직하고 있는 추억.

푸른 솔잎 아래,

우리 가족의 사랑은 영원히.

서로를 존중하고 배려하며,

어려움도 함께 극복해 나가는 모습.

푸른 솔잎처럼 꿋꿋하고 아름다운 우리 가족.

땅 속 깊이 뿌리박힌 소나무의 솔잎처럼,

서로를 믿고 지탱하는 우리.

푸른 솔잎에게 담은 감사함과 사랑,

영원히 간직하리.

바람에 흔들리지만 꺾이지 않는 솔잎처럼,

미래에 대한 희망을 잃지 않는 우리.

푸른 솔잎 노래하는 가족의 사랑.

푸른 솔잎처럼 푸르고 꿋꿋한 사랑으로

영원히 이어갈게.

영원히.

윤지희

# 나의 부모님

어린 시절
나의 부모님은
큰 산, 큰 나무셨는데,
어느새 한없이 가냘파지시니
마음이 먹먹합니다.

하지만
변함없이 흐르는 물이기도
뜨거운 불이기도
자유로운 바람이기도 하시기에
감사합니다.

땀 뻘뻘 흘리며
텃밭에서 키운 상추 부추
시들까 봐 신문지에 겹겹이 싸서
맛있게 먹어라
말씀하시며
환하게 웃으셨지요.

적적함과 쓸쓸함을
잠시나마
아픈 손가락의 수다로
흐뭇해하시니
발걸음이 가볍고 행복합니다.

큰 산 큰 나무로 함께해 주신
그 모습과 그 사랑을 늘 기억하렵니다.
나의 부모님
감사하고 사랑합니다.

이송희

# 나의 스승님

나의 스승님은
때로는 세차게
때로는 따뜻하게
때로는 시원하게 불어오는
바람과도 같다.

월요일부터 금요일까지 매일 오전 2시간씩
운동으로 가르침도 주시지만,
내가 더 성장해나갈 수 있도록 인생을 함께해 주시기도 한다.

'왜 이렇게 나를 강하게 가르치실까?

조금은 유연하게 가르쳐 주셔도 되지 않을까?'
생각이 들다가도 스승님의 진심을 알기에
하나라도 더 배우고 내 것으로 만들어간다.

행복, 기쁨, 벅참, 사랑으로 가득한
우리가 함께하는 소중한 시간들.

내 스승님과 함께하는 그 시간들은
온 세상을 누비는 바람이 되어
자유를 만끽한다.
그러다 잠시 머물며
서로에게 기대 쉬어갈 수 있는
든든한 안식처가 되기도 한다.
우린 참,
멋진 사이다.

나의 스승님,
함께해 주셔서 감사합니다.
지금처럼 늘 곁에 계셔 주세요.

이순자

# 커피 향을 닮은 원감

커피 향을 맡고 있으면 기분이 좋아지고 절로 미소가 난다. 나의 동행자인 원감은 커피 향을 닮은 사람이다. 어린이집 일상 속, 부모와 교사 간 의견이 다를 때 원감은 나에게 헐레벌떡 뛰어와서 묻는다.

"어떻게 하면 될까요?" 곰곰이 생각한 후 대안을 제시하면 또 다시 얼른 교실로 달려간다. 바쁜 하루지만 아이들과 즐겁고 재미있게 놀이하고, 부모와의 원활한 소통을 하기 위해 종종걸음을 걷는 원감의 발걸음에서 커피 향이 나는 듯하다.

어린이집 행사를 기획하고 진행할 때 생각과 감정이 완전 다를 때가 많다. 다른 생각, 다른 감정으로 의견이 분분하다가도 최선책과 차선책을 찾아 결과를 만들어낸다. 소통하기 위해 마음을 다스린다. 소통이 잘 될 때도 있고, 의견이 조율되지 않을 때도 있다. 소통이 잘 이루어지지 않으면 목이 타고 답답하다. 생각과 감정들을 질서 없이 쏟아낼 때도 있다. 아주 가끔은 폭포수 같은 화가 날 때도 있지만, 의견이 조율되고 마음이 하나 될 때 기쁨과 감사가 넘치기도 한다.

12년. 원감과 함께한 날이다. 성격과 기질이 다른 중간관리자와 원장의 자리에서 오래도록 함께 할 수 있다는 것은 큰 복이다. 많은 세월과 일들 속에서 다름을 인정하려고 노력했다. 서로의 의견을 존중해 주었다.

그 시간들이 축적되어 우리 원감에게서 커피 향과 같은 평온함이 느껴진다.

이정숙

# 산 같은 존재와 함께하며 저녁노을이 되다

언제나 변함없는 자리에서 묵묵히 나를 기다려주는 남편이 산처럼 느껴질 때가 있다.

가창의 최정산과 청도의 성곡지. 남편과 자주 산책을 하는 곳이다. 진돗개 백구를 산책시켜주는 착한 할아버지 할머니 역할을 선택했다. 가는 길에 커피도 마시고 음악도 듣고 때론 이동 노래방이 되기도 하는 자동차 안 데이트이다. 바쁠 것도 없이 느릿느릿 때론 함께, 때론 혼자서 백구랑 산책하는 시간을 즐긴다.

반나절이 후딱 가는 이 시간을 우리 부부가 이렇게 사용해도 되는 걸까? 비즈니스 현장에서 직접 뛰지 않고 시간을 한가하게 써도 되는지, 부담을 느낄 때도 있다.

한 곳을 바라보며, 묵묵히, 함께 걸어가다 보니 우리 부부는 어느새 붉은 저녁노을이 되어 있었다. 열심히 일한 당신! 이제 좀 쉬어가며 감사하며 사랑하며 사색하는 시간을 가져도 될 터이다. 고맙고 감사한 사람들을 떠올려 본다. 우리 부부는 금방 또 아름다운 저녁노을이 되었다.

남편과 백구와 같이 산과 호수 주변을 여유롭게 산책하는 것이 귀하고 감사한 시간이 되었다. 매일 산책하는 우리 부부의 모습은 저녁노을처럼 아름답게 빛나는 시간이 되었다. 자녀들과 후배들에게 보여주고 싶고 물려주고 싶은 또 하나의 유산이 되었다.

아름다운 음악을 들으며 맨발로 걸어가는 당신과 나의 모습을 '아름다운 저녁노을'이라 이름 붙여 본다.

감사합니다.
고맙습니다.
귀한 당신은 산 같은 존재입니다.
산 같은 당신과 함께하며,
우리는 아름다운 저녁노을이 되었습니다.

이현자

# 향기로운 기다림

찻잔의 따스함을 느끼고
향을 음미하며 마음을 충전한다.
오늘도 상큼한 하루가 시작되었다.

마당의 노오란 후투티가 예쁜 날갯짓을 하면,
우리도 잠시 후투티가 되어 이야기를 멈추고
함께 나뭇가지에 앉아있다.
커피향을 닮은 후투티 한 쌍.
상상만 해도 행복하구나.

똑, 똑.

한 방울씩 떨어지는 드립 커피가 잔을 채우듯

설렘으로 기다릴게.

너는 천천히 다가와도 된단다.

비 내리는 날 커피 한 잔을 할 때면,

잊고 있던 내 모습을 되돌아보게 돼.

빗방울 덕분에 깨끗해진 창문 밖 자연 풍경은

나에게 한없는 감사를 선물해 준단다.

이러한 풍경과 이러한 마음으로

널 대하고 싶어.

오직 향기와 행복을 담은,

오직 향기와 행복을 닮은,

선물 같은 너.

우리에게 다가오고 있는 너를 기다리며….

전복선

## 평생 친구

공기와 같이 소중한

나의 인연들.

그냥 지나칠 수 있는 만남이었지만

사랑과 정성이 더해져

필연이라는 소중한 열매로 여물어 간다.

아픈 삶이 빛바랜 구슬 같았지만

함께하는 시간 속에서

빛과 영양을 받아 반싹반싹 보석처럼 빛닌다.

나의 두드림과 제안이 거절되는 순간에도

그들을 향한 나의 사랑은 이어진다.

그들과 함께하는 삶이라는 여정은

우리가 거쳐 가야 할 정거장이다.

문제, 고난, 행복, 풍요, 건강, 친구라는 예정된 정거장들을

때로는 리더가 되고 때로는 추종자가 되어

서로에게 힘이 되어주며

단단한 마음으로 거쳐 간다.

그렇게 우리는

평생 친구가 되어간다.

전숙향

# 바다로 간 나무

내 인생의 동행자는 남편이다.

남편을 생각하면 바다가 보이고,

바닷가에 서 있는 나무가 떠오른다.

아, 나는

바다가 될까?

나무가 되어볼까?

잠시 망설이다가

바다로 가고 싶은 나무를 쫓는다.

그리고 여리디 여린 두 풀씨는 날아가 한 그루의 나무가 되었다.

새침데기 두 살 여자아이 같은 바다의 변덕에도 늘 그 자리.
땅속 깊이 박힌 뿌리에 순종하며 서 있다.
바다의 색깔, 바다의 향기, 바다의 소리에 넋을 잃고 바라본다.
쏴아 처얼썩.
쏴아 처얼썩.
귀를 쓰다듬는 멜로디에 세월은 흐르고
어느덧 가지에는 희로애락 열매가 주렁주렁.
설레던 마음이 힘겨워 보이더니 이제는 평온하다.

노을 지는 나의 인생 나무에 일곱 빛깔 무지개가 걸려있다.
파도가 부르는 다정한 손짓에 뭉게구름 솜털 구름도
소리 없이 달려온다.
나의 나무는 함박웃음 지으며 두 팔 벌려 앉는다.

그리고 감사와 기쁨의 바다에 젖어든다.

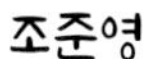

# 수탉

아버지는 우리 가족을 지켜주는 수탉 같다.

어렸을 때 우연히 본 수탉이 암탉과 병아리들을 이끌고 가던 모습을 기억하고 있다. 아버지라는 존재는 그러했다. 자신의 몸이 감당하기 힘들 정도로 바람이 불 때도, 거센 폭풍우가 내리칠 때도, 수탉은 가족을 보호하고 지키기 위해 두려움과 싸운다.

가난이 찾아올 때마다 가족을 지키기 위해 발버둥치던 아버지의 무거운 뒷모습을 보며 슬펐다. 그럼에도 우리 가족은 무너지지 않고 사랑으로 서로를 감싸 주었다. 힘들고 슬픈 날들이 많았지만 우리 가족은 수탉같이 든든한 아버지를 따라갔다. 덕분에 병아리였던 나는, 어느새 성인이 되었다. 나 또한 아버지처럼, 누군가에게 멋진 수탉이 되어 주리라 다짐하며 말이다.

아버지께 감사합니다.

01 아버지, 제가 지금까지 건강히 살 수 있도록 많은 도움 주셔서 감사합니다.

02 어린 날 제게 사랑이 무엇인지 깨닫게 해주셔서 감사합니다.

03 11살 때 첫 눈 오던 날 함께 걸어주셔서 감사합니다.

04 가정이 힘들고 지칠 때 든든하게 지켜주셔서 감사합니다.

05 4살 때 처음으로 가족 여행갈 수 있게 해주셔서 감사합니다.

06 초등학교 때 병아리와 닭의 성장을 지켜볼 수 있도록 해주셔서 감사합니다.

07 제가 힘들 때마다 제 곁을 지켜주셔서 감사합니다.

08 교통사고가 났던 10살의 저를 위해 매일 곁에 있어주셔서 감사합니다.

09 고민이 있을 때마다 조언을 해주셔서 감사합니다.

10 차가 없을 때마다 항상 태우러 와주셔서 감사합니다.

11 어렸을 때 많은 경험을 할 수 있게 도와주셔서 감사합니다.

12 돈 주고도 못하는 값진 경험들 할 수 있게 해주셔서 감사합니다.

13 가족들과 소중한 추억을 만들기 위해 노력해주셔서 감사합니다.

14 저를 건강히 낳아주셔서 감사합니다.

15 배고플 때마다 맛있는 음식들 사주셔서 감사합니다.

16 제가 힘들어 할 때마다 함께 간 좋은 국밥집 알려주셔서 감사합니다.

17 주말만 되면 강아지들과 함께 산책 가주셔서 감사합니다.

18 어른이 되는 데 가장 많은 도움을 주셔서 감사합니다.

19 성인이 된 후 자립할 수 있게 해주셔서 감사합니다.

20 비오는 날 함께 우산 써주셔서 감사합니다.

21 초등학교 시절 축구부 전지훈련 갔을 때 따라 와서 응원해주셔서 감사합니다.

22 감기 걸렸을 때 약 사 주셔서 감사합니다.

23 중학교 때 친구들과 함께 보디빌딩 경기장에 따라 가 주시고 재밌는 경험을 하게 해주셔서 감사합니다.

24 제 나이에 만날 수 없는 사람들 만나게 해주심에 감사합니다.

25 용돈 얻을 수 있게 해주셔서 감사합니다.

26 항상 인성과 예의를 중요하게 생각하시고 알려주셔서 감사합니다.

27 겸손함을 가르쳐주셔서 감사합니다.

28 때론 제가 미울 때도 있으실 텐데 그럼에도 사랑해주셔서 감사합니다.

29 인내하는 법을 알려주셔서 감사합니다.

30 감사하며 살아가는 법을 알려주셔서 감사합니다.

31 할아버지 이야기 들려주셔서 감사합니다.

32 정치에 관심을 가지게 해주셔서 감사합니다.

33 한국사에 관심을 가지게 해주셔서 감사합니다.

34 쓰다 보니 감사한 거리가 참 많다는 걸 깨닫게 해주셔서 감사합니다.

35 익숙함에 소중함을 잃어 감사를 놓쳤지만 다시 깨달을 수 있음에 감사합니다.

36 가족들과 좋은 시간 보내 주시는 것에 항상 감사드립니다.

37 고등학교 졸업식에 와주셔서 감사합니다.

38 매일 전화 주셔서 감사합니다.

39 함께 식사할 수 있음에 감사드립니다.

40 어머니께 잘해주셔서 항상 감사드립니다.

41 행복을 알려주셔서 감사합니다.

42 아무것도 모를 때 하나씩 알려주셔서 감사합니다.

43 사람을 진심으로 대하는 방법을 알려주셔서 감사합니다.

44 아보랑 같이 산에 올라가주셔서 감사합니다.

45 병아리 부화 과정을 알려주셔서 감사합니다.

46 많이 부족한 제가 어른이 되는 데 큰 도움을 주셔서 감사합니다.

47 퇴근 할 때마다 맛있는 것 사 와 주셔서 감사합니다.

48 우리 집이 겨울에 추울 때 따뜻하게 해주셔서 감사합니다.

49 사람을 대하는 방법을 알려주셔서 감사합니다.

50 아버지 덕분에 많은 것을 배울 수 있었다 말할 수 있어 감사합니다.

51 어린이 날, 좋은 장난감 사주셔서 감사합니다.

52 같이 운동해주셔서 감사합니다.

53 책 읽는 방법을 알려주셔서 감사합니다.

54 제가 잘못된 길을 걸을 때마다 바로 잡아주셔서 감사합니다.

55 그럼에도 불구하고 감사합니다.

56 어머니께 잘해주셔서 감사합니다.

57 형들에게 잘해주셔서 감사합니다.

58 우리 강아지들에게 항상 맛있는 사료를 주셔서 감사합니다.

59 병아리에게 맛있는 모이를 주셔서 감사합니다.

60 집에 맛있는 반찬을 해주셔서 감사합니다.

61 항상 마트에 가서 맛있는 음식들을 사주셔서 감사합니다.

62 함께 길을 걸을 수 있음에 감사합니다.

63 뒷모습을 보여주셔서 감사합니다.

64 덕분에 사랑을 깨달을 수 있어서 감사합니다.

65 중복된 감사가 체크 되었지만 그럼에도 감사를 찾을 수 있어서 감사합니다.

66 함께 서울 여행을 갈 수 있었음에 감사합니다.

67 일기 쓰는 방법들을 알려주셔서 감사합니다.

68 한여름 밤 텐트에서 소중한 추억 만들어주셔서 감사합니다.

69 지난여름, 가족들과 함께 저녁에 고기 구워 먹을 수 있음에 감사드립니다.

70 캠프 파이어를 할 수 있게 해주셔서 감사합니다.

71 벽난로에 따뜻한 불 피워주셔서 감사합니다.

72 미용실 같이 가주셔서 감사합니다.

73 좋은 어른들 소개 많이 시켜주셔서 감사합니다.

74 함께 소주 마실 수 있었음에 감사합니다.

75 옛날에 아버지가 살던 곳에 둘이서 걸었음에 감사합니다.

76 아버지의 젊은 시절 재밌었던 이야기를 해주셔서 감사합니다.

77 비가 오나 눈이 오나 항상 함께 계셔주셔서 감사합니다.

78 그리워할 수 있는 대상이 아버지여서 감사합니다.

79 함께 걷던 그 길 잊지 않고 기억해 주셔서 감사합니다.

80 아버지 덕분에 태어날 수 있어서 감사합니다.

81 많은 것을 베풀어주셔서 감사합니다.

82 라면 끓여주셔서 감사합니다.

83 함께 봉사활동 가주셔서 감사합니다.

84 도서관 같이 가주셔서 감사합니다.

85 차 태워주셔서 감사합니다.

86 살아가는 방법을 깨닫게 해주셔서 감사합니다.

87 시를 알려주셔서 감사합니다.

88 노래할 수 있는 방법을 알려주셔서 감사합니다.

89 경청하는 방법을 알려주셔서 감사합니다.

90 영업하는 방법을 알려주셔서 감사합니다.

91 제 마음을 따스하게 녹여주셔서 감사합니다.

92 실수할 때마다 그럴 수 있다고 말씀해주셔서 감사합니다.

93 사람을 대할 때 진심으로 대하는 방법을 알려주셔서 감사합니다.

94 힘들고 지칠 때마다 제 곁에서 따스하게 지켜주시고 위로를 해주셔서 감사합니다.

95 5살 때 처음으로 스키장 가서 썰매 밀어주신 것에 감사합니다.

96 생일 때마다 항상 잊을 수 없는 추억 만들어주셔서 감사합니다.

97 제 인생에 있어 최고의 아버지여서 감사합니다.

98 인생의 좋은 지혜들을 알려주셔서 감사합니다.

99 저마다 각자 고유의 삶을 존중하는 방법을 알려주셔서 감사합니다.

100 인생을 살아갈 때 많은 고난과 경험이 내 삶의 지대가 되어준다 해주신 말씀에 감사합니다.

101 어려운 사람들을 위해 도움 주시는 방법을 알려주셔서 감사합니다.

102 글 쓰는 방법을 알려주셔서 감사합니다.

103 아버지 덕분에 행복을 배웠습니다. 감사합니다.

104 제 아버지가 되어주셔서 감사합니다.

최경순

# 친구

내가 좋아하는 산에 가면 친구들이 생각난다.
산은 모든 사람에게 이로움을 준다.
나에게 이로움을 주는 존재들,
그래서 함께하는 친구들이 산과 같다.

어느 곳, 어느 나라든
함께 여행하는 친구들.
네 명의 친구들은 각자 개성이 뚜렷해서
우당탕탕 부딪힐 때가 있다.
여행가는 날짜와 계절을 정할 때,
라이프 스타일이 달라서 의견이 엇갈리는 경우도 있다.

그래도 결론은 양보와 즐거움, 감사이다.
늘 한 곳을 바라보면서 세상을 즐기면서
삶을 아름답게 스케치해 가는 친구들이다.

설렘.
새로운 곳을 여행한다는 것,
친구들과 함께한다는 것은
언제나 나에게 설렘을 선물해 준다.

푸른 내 친구들,
변함없는 내 친구들,
든든한 내 친구들,
산과 같은 내 친구들이다.

최수미

# 향기로운 사람

이 사람은 계절이 바뀔 때마다 자신을 예쁘게 뽐내는
형형색색의 꽃을 닮았다.
커피향기가 그득하고 아름다운 음악 선율이 귀에 들어오는
예쁘고 따뜻한 곳에서
우리는 꽃들에게 생명수를 부어준다.

그는 나에게
꽃마다 가지고 있는 특색과 예쁨을 알게 해준다.
따뜻하고, 설레고, 반짝반짝 빛나고,
눈빛이 사랑스럽고, 삶의 깊이가 있고, 삶에 책임감이 있고,
먹먹하면서도 미소가 절로 지어진다.

존재 자체만으로 포근하고 빛나는 사람이다.

꽃 같은 그는 세상의 모든 것을 온전히 받아내면서도
강인한 생명력으로 자신을 아름답게 뽐내는 향기로운 사람이다.

최정선

어두움과 절망, 죽음을 생각하는 순간이었다. 한줄기 빛이 용기 내어 나에게 연락을 주었다.

"엄마, 나 재롱잔치 하는데 올 거지? 꼭 와야 해."

엄마를 기다리고 기다리던 엄마 바라기 딸이 나에게 전화를 한 것이었다. 수화기 너머로 들리던 할머니의 언성이 아직도 생생하다.

딸은 시간을 쌓아갔고 성장했다. 오늘은 무얼 했는지, 뭐가 먹고 싶은지, 친구와 무슨 일이 있었는지, 시험은 망했다며 일상의 이야기들을 얼마나 엄마와 나누고 싶을까? 매일이 그러했을 터이다. 부족한 솜씨지만 엄마가 차려준 밥도 먹고 싶을 테다. 분명 그러했을 터이다. 모든 걸 말하지 못하는 그 마음을 편하게 나누고 싶다. 나 역시 매일, 분명 그러했다.

뿅!

헤어짐이 아쉽지만 통화 후 웃으며 "안녕."보다 "뿅!" 하고 서로 인사한다. 전화를 끊고 나면 허전함과 미안함을 느끼다가도 건강하고 밝게 자라주는 딸에게 고마움도 느낀다. 얼마나 컸을지 딸을 만나러 가는 길은 너무도 설레고 기다려진다.

얼굴을 마주하면 수줍은 미소로 부끄럽게 인사한다. 엄마보다 키가 더 커버린 딸을 살포시 안을 때면 가슴이 떨리고 든든하다. 언제 이렇게 컸을까? 고마움이 또 미안함으로 바뀌어 버린다. 하지만 우리가 편하게 마주하며 지낼 수 있는 날을 기대하고 간절함으로 기도한다.

어두운 밤 깊은 산속에서 길을 잃고 헤맬 때 하늘에 떠 있는 반짝이는 별빛처럼, 딸은 나에게 희망을 안겨준다.

한효원

# 바다가 되는 그 날

법무부 소속 강사로 활동한 지 1년쯤 되었다. 활동하는 선생님들이 뜻을 모아 첫 모임을 마련했다. 환경이 어려운 청소년들이 언제든지 와서 쉴 수 있는 무료 카페를 운영하시는 선생님, 학교 밖 청소년들을 위해 주말도 없이 활동하셨다는 선생님의 귀한 이야기를 들을 수 있었다. 각자의 삶에서 청소년들을 위해 애쓰시는 모습에 '나는 무엇을 할 수 있을까?'라는 생각이 들었다.

"이렇게 좋은 일을 하시는데 왜 말씀을 안 하셨어요? 돕고 싶은데 어떻게 하면 되나요?"

나의 질문에 선생님의 답은 이러했다. 카페를 시작할 때 휴대폰 연락처에 있는 5백 명에게 작은 후원을 함께 해달라는 문자를 보냈다고 한다. 후원 금액은 한 달에 6천 원. 그중에 돕겠다는 사람은 단 3명뿐이었다고 한다.

한 아이를 키우려면 온 마을 사람의 도움이 필요하다는 말이 있다. 아이 한 명의 삶이 곧 우리의 미래가 된다. 수많은 가능성을 가진 아이들. 법무부에서 활동하는 선생님들은 마르지 않고 흐르는 용천수 같다. 선한 영향력이 멈추지 않고 끊임없이 반복되고 있다. 순환의 기적이 이루어지고 있다. 작은 물줄기는 거친 바위를 지나 풀숲을 흘러 굽이굽이 이리 치이고 저리 치여서 흘러간다. 계곡을 지나 강을 만나 넓은 바다로 간다.

내가 생각했던 결과와 다른 청소년 친구들의 태도를 보면서 문득 궁금해진다.

'잘하고 있는 게 맞나? 이 시간이 의미가 있나?'

각기 다른 삶의 이유를 가지고 법무부에 오는 청소년 친구들을 만나는 시간. '현타가 온다.'라는 말이 생각날 때도 있지만 곧이어 내가 처음 다짐했던 헌신으로 힘을 낸다. 청소년 삶의 멘토가 되어 주겠다는 다짐.

"이 시간이 의미 없다고 생각한다면 정말 지루하고 지겹게 느껴질 거야. 오늘 무조건 하나는 얻어가겠다 생각하고 시간을 보내보지!"

때로는 친구처럼 때로는 엄마처럼 어르고 달래서 함께하는 시간이 우리 청소년들에게 조금이라도 도움이 되길 바라본다. 또한 진짜 내가 원하는 것이 무엇인지, 청소년들을 위하는 만큼 내가 내 삶을 위해 새롭게 선택할 수 있는 것이 무엇인지 알게 되길 간절히 바라본다.

한 아이가 눈물을 훔치며 말했다.

"앞으로 이렇게 살면 안 될 것 같아요."

눈물의 의미는 무엇이었을까? 어쩌면 우리는, 나를 응원해 주고 잡아줄 그 누군가를 간절히 바라고 있지는 않을까? 그들의 삶에 내가 어떤 응원을 해줄 수 있을까?

물은 흐른다.

우리의 인생도 흐른다.

굽이굽이 지나가는 곳곳마다 물은 그 모양에 맞게 변한다.

그리고 광활한 바다로 가면 자유가 된다.

우리는 작은 물줄기다.

부딪치고 깨지고 흘러가다 보면

어느새 바다에 도착할 수 있다.

나의 믿음과 도전이 이제 곧,

물음표를 느낌표로 바꾸어 줄 것이다.

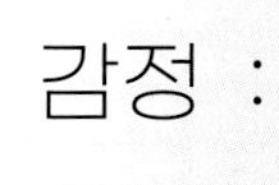


# 내면의 결이 남아있는 흔적

## Chapter 2

모든 것이 이루어지는 곳이자 가장 격렬한 전쟁터는 어디일까요? 바로, '내면'이라고 할 수 있습니다. 내면 즉, 마음을 보살피고 가꾸어 가는 것이 얼마나 중요한지는 잘 알고 계실 거예요. 마음을 가꿀 수 있는 방법, 참 많습니다. 이번 장에서 우리 작가님들은 알아차림과 글쓰기로 내 마음을 청소할 수 있다는 것을 보여드릴 겁니다.

감정을 느끼는 데는 다 이유가 있다.
체계적인 자기관찰로 감정을 우선 포용하고 파악하고 해부해 보자.
감정은 기회다.

- 알렉스 룽구. 의미 있는 삶을 위하여 -

내면에 머물고 있는 나의 감정을 알아차리는 것. 인정하는 것. 흘려보내는 것. 이 3단계는 내면을 청소한 후, 예쁜 가구들(가치, 태도, 신념 등)을 들여 더 행복하게 살 수 있도록 좋은 공간을 마련해주는 방법입니다. 그렇다면 감정 알아차리기, 인정하기, 흘려보내기의 3단계를 이루어갈 수 있는 최적의 도구는 무엇일까요?
'글쓰기'입니다.

내가 직면하기 힘들어 하는 감정을 먼저 찾아가 주세요.
그때의 감정을 만나게 되었던 상황을 한 발짝 떨어져 바라봐 주세요.
내가 불안하고 두려워하고 외로워할 수밖에 없었음을 인정하고 이해해 주세요.

그리고 감정에게 질문해 주세요.
신께서 허락해 주신 상황과 감정이 나에게 어떤 가치를 선물했는지 발견해 주세요.

떨쳐내고 싶었던 감정들은 평생 나를 따라다닐 거예요. 그러나 달라진 건, 이제 그 감정들을 조금 더 평온한 마음으로 바라보며 함께할 수 있게 되었다는 것이지요.
여러분의 내면의 결은 아름다운 흔적을 남기게 될 겁니다. 2장의 글들을 아름다운 마음으로 읽어 주신다면요.

강다연

# 부드럽고 윤기 나는 떡

● 나의 불편함에게 ●

사람들과 대화하는 것은 즐거운 일이다. 내 감정을 공유하고 상대방의 이야기를 들음으로써 유대감과 인간관계를 잘 쌓을 수 있으니까.

하지만 어느 순간, 상대방과의 대화가 불편해지고 가슴이 답답해짐을 느끼게 되었다. 우유 없이 떡을 먹는 것처럼 말이다. 즐겁게 이야기할 때엔 꿀과 우유를 곁들여 먹는 것처럼 편했지만, 큰 떡을 한 입에 삼켜 꾸역꾸역 먹는 것만 같은 불편함과 답답함이 몰려올 때가 있다.

누구나 대화하기에 불편한 주제가 있을 것이다. 나는 누군가의 뒷담화나 진지하고 심각한 이야기를 들을 때 불편함과 거북함을 느낀다. 아직 내가 천진난만한 학생이라, 세상에 반짝거리는 것들만 보고 재밌는 이야기만을 들었으면 하나보다.

하지만 세상은 내가 넘어져도 계속 기다려주거나 멈춰 주지 않기에 익숙해지고 대처할 줄 알아야 한다. 다시 생각해 보니, 내가 느낀 불편함은 나를 세상에서 살아갈 수 있도록 성장시켜 주는 발판이 되어 주었다.

큰 떡을 한 입에 먹는 것 같이 목이 막히는 불편한 주제로 대화할 때에는 말과 말에 틈을 두고 조금씩 나누어 듣는다. 그저 대화를 편히 하기 위한 우유 대신, 침묵과 경청의 훈련으로 쓰디쓴 녹차를 참고 마시듯 한다. 비난이 주를 이루는 퍽퍽한 떡을 닮은 주제 대신, 건설적이고 긍정적인 주제를 선택해서 부드러운 떡으로 자연스럽게 바꿀 수 있게 되었다. 떡을 안 먹겠다고, 필요하면 대화를 거절할 줄도 안다.

나의 불편함아,
넌 내 가슴을 답답하게 하고 사람들과의 대화를 어색하게 했지.
그래서 너를 외면하고 피하기만 했었어.
하지만 너를 받아들이고 이해하려고 노력한 결과,
이제는 너로 인해 더욱 성장할 수 있게 되었단다.
니도 퍽퍽하고 맛이 없던 떡에서
지금은 우유가 없어도 먹을 수 있는
부드럽고 윤기 나는 떡으로 변해 주었잖니.
앞으로도 너를 종종 보겠지만 너를 보고 난 뒤,

네 뒤에 평온함과 고마움이라는 친구가 같이 온다면

예전의 나보다 더 성숙해 졌다는 뜻이겠지?

우리 둘 다 더 나아진 모습으로 볼 수 있기를 기대할게.

강승구

# 나의 오랜 친구

나의 두려움에게

안녕 두려움아,

오랜만이야.

못 만난 사이에 못 알아챌 정도로 많이 달라졌네.

하마터면 그냥 지나칠 뻔했어.

우리가 처음 만났을 때를 떠올려 보고 있어.

아마 내가 초등학교 4학년 때였을 거야.

어리고 소심했넌 너는

조심스럽고 조용히 한 발 한 발 다가왔지.

처음 보는 네가 기척도 없이 다가오니

나는 무서웠어.

그래서 도망가 버렸어.
너를 맞이하는 법을 몰랐던 거야.
널 무서워하는 나를 보며
너의 마음은 어떠했을까?
네가 올 때는, 내게 말을 걸 때는
다 이유가 있는 건데
자연스러운 건데
그걸 몰랐어.
지금 생각해 보니
네가 상처받았을 것 같아.
미안해.

요즘은 네가 잘 보이질 않네.
놀러 간 건지, 바쁜 건지, 아니면 너도 사춘기가 온 건지.
어떤 이유든 다음에 네가 올 때는
반갑게 맞이해줄게.
그리고 꼭 안아줄게.
다음에도 조용히 다가오겠지만
내가 미리 알아챌게.
그리고 마중도 나갈게.
나를 찾아오는 길이 외롭지 않게 말이야.

마지막으로 말하고 싶은 게 있어.

나, 너에 대해 알게 된 것이 하나 있어.

인생은 도전의 연속이잖아.

그런데 도전하는 마음속엔

네가 있다는 걸 깨달았어.

너는 참 중요한 감정이야.

그러니 너 스스로도 자부심을 가져!

그럼 다음에 보자. 안녕.

2024년 6월 22일 토요일

널 사랑하는 친구 강승구 보냄

강연길

# 걷고 또 걷는다

● 나의 외로움에게 ●

사랑받고 싶고
인정받고 싶어
난 하기 싫은 일을 하고 있다.

남들이 하기 싫은 화장실 청소를 하고
누군가 말 걸면 좋아라 춤추고
내가 갖고 싶은 물건을 외면한다.
나를 탓하고 비난을 해도 아무 말 못하고 고개를 숙였다.
지금도 이러한 굴레를 벗어나지 못하고 있다.
날씨를 확인하듯 타인의 감정을 체크하며
"이 정도면 괜찮아."라는 말 속에 나를 숨긴다.

때론 모든 게 억울해
방구석 웅덩이에 나를 빠트리고
때론 누군가 또 다른 내가 될까
안된다고 말하면서
가면에 숨은 나를 더 숨겼다.

인정받고 싶은 억울함에
사랑받고 싶은 억울함에
가면을 벗은 나를 보기 위해
난 무엇을 해야 할까?

나의 가면을 벗기 위해
답을 찾고 있는
예전의 나를 위해
현재의 나를 위해
오늘도 나는
걷고 또 걷는다.

권성희

# 거기엔

나의 혼란스러움에게

1남 4녀 중 둘째딸로 태어난 나는
언니, 오빠, 동생들 틈에 끼어
내 생각을 강하게 말하기 힘들었어.
사랑받기 위해 내가 선택한 방법은
모든 사람에게 맞춰주는 거였지.
그렇게 나의 존재는 점차 희미해져 갔지.
그러다 보니 정작 나 자신을 이해하고 사랑하는 것에는
서툰 어른이 되어버렸네.

"당신은 어떤 걸 제일 좋아하나요?"
"당신은 어떻게 생각하나요?"

"당신은 어떨 때 제일 행복한가요?"
나를 혼란스럽게 하는 말들이었어.

육십이 넘은 나이,
내가 정말로 좋아하는 것은 무엇인지
내가 어떤 것을 할 때 살아있음을 느끼는지
정확히 모르고 있더라고.
내가,
내가 말이야.

그래서 혼란스러움아,
내가 나를 들여다보기 시작했어.
거기엔 엄마가 아닌, 아내가 아닌
'나'로 살아가기를 원하는 내가 있더라.
거기엔 혼자 있는 것을 좋아하고 숲을 좋아하고 성장을 좋아하는
내가 보이더라.

혼란스러움아,
이제는 너의 자리를 조금씩 줄여보려고 해.
그리고 틈이 생긴 그 곳에
내가 좋아하는 색과 내 생각과 내 행동들을 채워보려 해.
'멋진 나'를 조금씩 조금씩 만들어 가고 싶어.

나의 혼란스러움은 이러한 변화를
기꺼이 받아들여 주리라 믿어.
왜냐하면
혼란스러움도 나의 일부라는 것을 알기에.

김경아

# 너는 결국 성공한 거야

나의 불안에게

어렸을 적 나는 자존감이 낮은 아이였다.
어렸을 적 나는 장난을 좋아하는 아이였다.

그런데 시간이 흐른 후
내가 장난을 즐기거나 좋아하지 않는다는 사실을
알게 되었을 때,
순식간에 슬픔이 밀려오면서 눈물로 와락 쏟아졌다.
그때서야 나의 명랑하고 쾌활한 성격의 실체를 들켜버린 것이다.
내가 명랑하고 쾌활하게 굴었던 진짜 이유는
엄마를 행복하게 해드리고 싶어서였다.

그 옛날 시집살이는
왜 그리 안타까운 일들만 가득했는지 모르겠다.
할아버지는 엄마에게
늘 돈을 가져다 친정에 주는 것이 아니냐고 추궁하셨다.
엄마의 조카라 속이고 집에 들어온 도둑이
잠깐 사이에 돈을 훔쳐 달아나는 일도 있었다 한다.
할머니 앞에서 큰이모집 아들 6명을 모두 불러온 엄마가
얼굴 대조시켜 가며 진실을 밝히기까지
얼마나 억울하고 서러우셨을까.

자고 있는 나를 끌어다 엄마는 가끔 팔베개를 해 주셨다.
그럴 때마다 나는 갑자기 눈물이 왈칵 쏟아졌다.
'엄마가 나를 좋아하는구나.'라는 생각이 들어 행복했다.
그런데 엄마는 울지 말라며 나를 혼내셨다.
'설마 혼을 내셨을라구. 엄한 목소리로 달랜 것이겠지.'
그렇게 또 나는 엄마 마음을 이해하기에 바빴다.

엄마를 기쁘게 해 드리려면 공부를 잘했어야했다.
나는 받아쓰기를 제외한 모든 공부가 참 어려웠다.
엄마에게 나는 별 필요 없고 하찮은 아이라는 결론을 내렸다.
지금 생각해 보니,
어린 나에게 내가 얼마나 가혹하게 굴었는지 모르겠다.

늦었지만 혼자 힘들어했던 그 시절 나를 찾아가 보려 한다.

어린 경아야, 괜찮아.

너는 하찮거나 별 볼 일 없는 아이가 아니란다.

그리고 엄마와 어른을 이해할 수 없던 건 당연했어.

어른이 된 지금도 우린,

누군가를 이해하기 위해 노력할 뿐 이해한다는 건 힘든 일이야.

엄마는 널 늘 사랑하고 있었을 거야.

늘 잘해주고 싶었을 거야.

내가 우리 경아 안 낳았으면 어쩔 뻔했냐며 기뻐하시잖아.

그러니 너는 결국 성공한 거야.

어른이 된 내 말을 믿어줄래?

너는 그때나 지금이나 최고란다.

김귀화

● 나의 불안에게 ●

불안아,

너를 생각하면

내 몸 속의 가시가 피부를 뚫고 나오는 듯한 고통을 느꼈어.

머릿속은 텅 비고,

말문은 막혔지.

모든 것이 엉켜버린 실타래처럼

복잡하게 느껴졌어.

불안아,

너는 내가 겪었던 많은 순간을

늘 나와 함께했어.

시간이 흐르고 나니,
너를 극복할 수 있다는 걸 알게 됐어.
네가 나를 지배했던 시간들도 있었지만,
결국 나는 너를 이겨냈어.

네 덕분에 나는 더 강해졌고,
더 성숙해질 수 있었어.
나는 여전히 너를 느끼지만,
너를 통해 배울 수 있다는 걸 깨달았어.

나는 무엇을 해야 할까?
어떻게 해야 할까?
무엇이 나를 행복하게 만들까?
이러한 질문들 속에서
나는 나의 의미와 가치를 찾고 싶어.

이제는 내가 너를 인정하면서도
나를 긍정적으로 바라볼 수 있도록
도와주기를 바라.
너의 존재를 받아들이고,
나를 인정할 수 있게 도와줘.

불안 속에서도

나 자신을 잃지 않고 단단해질 수 있기를 바라.

오늘도 나와 함께해줘서 고마워.

우리가 함께하는 모든 순간을 소중히 여기며,

앞으로도 잘 부탁할게.

**김나림**

# 내가 안아줄게

나의 분노에게

거대한 용의 입에서 뿜어져 나오는 불이
아빠의 눈과 입, 온몸에서 나왔어.
그 순간 나의 마음 숲은
바싹 타 버렸지.
재가 된 나의 마음을 지키기 위해
나는 말을 아끼고 아끼게 되었지.

그랬구나.
그때부터 내면의 전쟁이 시작되었구나.
이제는 안전해. 그치?

우리,

호기심 정원을 가꾸어볼까?

무엇부터 해볼까?

아빠에게 삼촌에게

하고 싶은 말은 뭘까?

큰 비눗방울 만들어서

그 안에 들어가 볼까?

아무것도 안 해도 되고

아무 것이나 해도 돼.

35년 전 분노야,

넌 나를 성장시켜주었어.

이제 그 안에서 나오자.

내가 안아줄게.

반가워.

김맹희

# 행복할 자유

나의 슬픔에게

어두운 방에서 웅크리고 앉아
쓰디쓴 마음을 바라보고 있는 너는
메마른 강가, 작은 돌멩이 같구나.

꼬르륵 꼬르륵 배고픈 소리를 들으며
동생을 토닥인다.
엄마가 없는 날 투두둑 비오는 소리는,
불안한 손과 발을 재촉한다.
싸리대 위 호박 발린 거랑
마당 한 가득 고추 말린 거랑
꼬질꼬질 흙, 먼지 털어 씻어둔
딱! 한 켤레 있던 하늘색 내 운동화가 생각나

아직도 나는 비가 오면
그때로 돌아가 숨이 가빠온다.

괜찮아 괜찮아, 슬픔아.
그때의 시간들은 네가 감당할 수 없었던 시절이었을 게다.
'흔들리지 않고 피는 꽃이 어디 있으랴.'
너에게 햇살을 보내본다.
잘 견뎌낸 생의 온도가 훗날 누군가에겐 위로가 될 거야.

슬픔아!
지금 너의 마음은 어때?
비가 오니?
햇살이 드리우니?
조금 더 가까이 가서 어깨를 빌려줄까?
이 글들이 조금의 위로가 될까?

수많은 감정 중 낯설게 다가온
손님일 뿐!
별빛 노래처럼,
그저 온기를 담아 토닥거려 주련다.
행복할 자유의 처방전을 받았으니
이젠 안녕!
슬프지 않을 거니까!

김명희

# 오늘의 감사

● 나의 서글픔에게 ●

손가락 하나 움직이기 힘들고 숨 쉬는 것조차 고통스럽게 느껴질 만큼 아픈 날이었다. 그 몸을 이끌고 약국엘 갔다. 한 발 한 발 딛을 때마다 세상이 빙빙 돌아가는 것처럼 어지러웠다. 3분이면 도착할 거리를 3일 동안 쉬지 않고 걸어가고 있는 듯 지쳤다. 다시 돌아갈 길이 막막했다.

약봉지를 들고 컵에 물을 받아 내 방이 아닌 옆방으로 갔다. 숨도 쉬기 힘들 만큼의 몸을 끌고 사온 것은 내 약이 아니라 엄마 약이었다.

미성년자인 나를 간호해 줄 사람은 없었다. 나보다 더 아픈 엄마를 간호할 사람이 나밖에 없었던 그날의 서글픔 때문일까. 지금도 가족의 아픔에 다정한 마음으로 약봉지 하나 건네지 못한다.

그래! 그래!

서글픔을 품고 오느라 얼마나 고단했을까.

그 긴 세월 잘 견뎌냈더니 최근에 친구들이 생겼어.

기쁨이도 만났고 감동이도 만났고 흥미 진진이까지.

친구들이 많아져 이젠 감정 동아리가 결성되었던데,

앞으로 어떻게 운영할 계획이야?

서글픔이 몰려올 때 극심한 외로움까지 더해져 네가 할 수 있었던 것은 처절히 나를 봉쇄하는 것이었어. 더 좋은 방법들이 있다는 걸 너무 늦게 알았어.

미안해.

덕분에 다른 감정이 얼마나 소중한지 알게 되었어.

나의 서글픔아,

꾸역꾸역 견뎌 내줘서 고맙다.

너를 찬찬히 바라볼 수 있도록 묵묵히 있어주어 고맙다.

감정 동아리와 함께할 앞날을 기대할 수 있는

오늘의 나에게 고맙다.

김민주

# 나를 살게 한 힘

나의 두려움에게

나의 두려움아.

불안한 눈빛과 움츠러드는 너의 몸.

심장이 멎을 듯한 바위의 무게로 숨을 쉴 수가 없네.

살기 가득한 눈빛에 비웃으며 달려드는 이중인격자.

맹수 같은 그의 공격에 너는 온 몸으로 발버둥쳤어.

"가만히 있어. 아무것도 못하게 해 줄게."

맹수의 손이 닿으면 어김없이 남겨지는 멍 자국과 아픔.

그래서 너는 스킨십이 싫구나.

그렇게 너의 삶이 끝나 버릴까봐 말이야.

두려움아,

그동안 얼마나 힘들었니?

그럼에도 불구하고 나를 견디게 해 준 너에게 손 내밀어 본다.

이제 행복이라는 친구와 마주하며 웃으면서 살자.

너에게 하고 싶은 질문이 있어.

사람들이 너를 미워하면 어떤 마음이 드니?

대답하지 않아도 좋아.

너를 향해 말을 걸 수 있게 된 내 모습만으로도 만족해.

두려움아.

네가 내 곁에 있어서 아프고 힘들 때도 많았어.

하지만 지금까지 나를 살게 한 힘은

너를 이겨내려는 나의 마음 덕분이었음을 기억하고 있어.

살아있게 해 줘서 고마워.

삶을 선택하게 해 주어 고마워.

가끔 마주하게 될 너를,

이제는 조금 더 따스하게 맞이해줄 수 있을 것 같아.

김보승

# 부탁해

나의 불안에게

불안아,
나는 너를 만나고 싶지 않았어.
내게 왜 온 거야?
네가 찾아와서 나 너무 힘들어.

친구들과 떨어져 낯선 곳에서 생활할 때마다
내 옆을 따라다니던 너.
귀찮으니까 좀 떠나 줘.
익숙한 가족들의 향기를 잃어버릴까 봐
불안해했던 마음을 닮아 있어
무서웠던 걸까?

불안아.

이제 나한테 올 때는 미리 말해 줄래?

안 오면 더 좋고.

혹시 오더라도 내가 너를 반갑게 맞이할 수 있도록 말이야.

오늘은 용기 내어 너에게 질문을 해 보려 해.

너는 누구를 찾아갈 때 기분이 좋아?

내가 조금 더 커서 너를 편안하게 맞이할 수 있을 때 초대할게.

초대장 받을 때만 와야 해.

너도 이제 가족들과 편안하게 쉬는 게 어때?

김애자

# 내가 있잖아

나의 억울함에게

억울함아, 안녕!

너는 말도 안 되는 소리를 친구에게 들었을 때

너무나 당황스럽고 화가 많이 났었지.

그 말을 듣고 난 후 부정적 감정들이

끊임없이 네 머리를 혼란스럽게 했고

너는 많이 힘들어 했어.

밥맛도 없고 집중력도 떨어져서

반복되는 일상의 단순한 일들조차도 자주 실수하곤 했지.

억울함아,

너를 제외한 모든 사람이 행복해 보였지?

너 자신은 날개를 잃고 새장 속에 웅크리고 앉아 있는
한 마리 외로운 새처럼 느껴졌는데 말이야.
새장 속에 갇혀서 그저 무기력하게 앉아있는 새 말이야.

너는 새장을 박차고 나와 예전의 건강한 모습을 되찾기 위해
아니, 네가 받은 상처를 너 스스로 치유하기 위해
상대방에게 화해의 손길을 내밀어 보았어.
상대가 너에게 준 상처를 용서하고
예전의 밝은 모습으로 돌아가려고 노력도 해 보았지.
하지만 너에게 옥죄어진 억울함의 상처는
너의 노력으로는 해결되지 않았어.
오히려 시간이 흐를수록 더 단단한 쇠사슬이 되어
너의 몸을 꽁꽁 묶어 버렸지.
그래서 너는 더 크게 절망했고,
그 무게는 훨씬 더 무겁게
너를 짓눌렀어.

그런데 억울함아.
너의 곁에서 쭉 너를 지켜보았던 내가
누구보다도 너의 진심을 잘 알고 있어.
억울함 너는 힘든 상황 속에서도
너의 상처 난 마음보다

상대의 마음을 어루만져주려 했고 품어주려고 노력했었잖아.
이제 그걸로 충분해. 괜찮아!
이런 경험을 통해
네가 세상을 더 많이 알아가고 배워가는 기회가 되었으니까.

이제 불안해하거나 아쉬워하지 말고,
너에게 아픔을 준 상대방과 과감하게 작별을 고하렴.
그리고 너를 위한 새로운 길을 향해
힘찬 발걸음을 내디뎌 보렴.
네가 선택한 새로운 길에는 희망의 불빛이
너를 환하게 비춰 줄 거야. 반드시!
네가 걸어가는 새로운 길을 응원하고 지지할게.

억울함아!
너는 맑고 순수한 영혼을 지녔다고 나는 믿고 있어.
너를 믿어주는 나의 팔에 잠시나마 기대어 휴식을 취해보렴.
우리 이제 뒤돌아보지 말고 앞을 향해 씩씩하게 전진해보자.
항상 너의 곁에는 내가 있잖아!
사랑한다!

김영숙

# 나는 괜찮아졌어

나의 두려움에게

내 안 깊숙하게 숨어 있던 너를 만난다.

그동안 말할 수 없었고 숨겨야만 할 것 같았던 너.

초등학교 1학년 때였지.

“재네 아빠 죽었대.”

무심한 친구의 말에 나는 얼음이 되어 버렸어.

엉엉 울며 집으로 갔지.

그리고 너를 내 마음 속 어두운 곳에 꽁꽁 숨기게 되었어.

아버지의 사고가 나의 탓이라고 생각했거든.

아, 그래서 그렇게 감추고 싶었구나.

그랬구나, 그랬어.

얼마나 무섭고 두려웠을까?
그래서 그리 꽁꽁 숨어 있었구나.
말도 하지 못하고 바라만 보고 있었구나.

나의 두려움아,
이젠 괜찮아.
너를 이해해.
오늘에야 너를 만난다.
꽁꽁 숨겨져 지내온 나의 두려움아.
오늘 너의 이름을 들으니 기분이 어때?
그동안 얼마나 답답했니?
얼마나 나오고 싶었니?
얼마나 말하고 싶었니?
내 깊숙한 곳에 자리하고 있었지만
나를 지키려 했었구나.
나는 괜찮아졌어.
너를 마주할 용기가 생겼거든.

내 안에 숨어있던 너는
나를 단단하게 지켜주는 지킴이였다.
오랜 시간동안 말하지 못했는데, 이제 고백할게.
고마워.
앞으로도 잘 부탁해.

김태은

● 나의 불안에게 ●

나의 어린 시절, 술을 즐겨 드시는 아빠의 퇴근시간만 되면 불안했어.

"오늘은 무사히 지나가겠지?"

"언니, 오늘은 일찍 자자. 아빠가 술 드시고 오실 것 같아."라고 말하던 언니 같은 동생의 말.

불안한 예측은 항상 잘 맞아 떨어졌어. 무서워 이불을 덮어쓰고 자는 척하던 동생과 나였지.

"애들 어딨어? 당장 나오라고 해!"

아빠는 엄마에게 화를 내며 이불을 걷었어. 나는 왜 혼나는지도 모르는 채 고개만 푹 숙이고 있다가 의식을 잃고 경련이 올 때도 있었어. 아빠가 술을 드시는 것이 두려웠어. 도대체 아빠의 삶은 왜 그럴 수밖에 없었을까?

삼 남매의 엄마가 된 지금, 아빠의 입장에서 생각해 본다. 아마도 아빤 병명이 무엇인지 모르는 딸의 아픔을 지켜보기가 힘드셨을 것 같다. 류마티스 관절염으로 독한 약을 드시고 누워계신 날들이 많던 엄마를 지켜보는 것도 말이다.

(사달라는 것도 많고, 말도 안 듣고, 하고 싶은 것만 하는 삼 남매를 키우려니 나도 힘겹다)

이제, 나의 불안에게 말을 걸어보려 한다.

불안아,

큰 소리로 다투는 부모님의 모습을 보고 무서워도 참고 견디느라 많이 힘들었을 거야.

아팠던 너의 마음을 다독여 주는 내가 되어줄게.

다 잊을 순 없겠지만 잘 견디며 살아갈 거라 믿어.

시간이 약이라고 하잖아.

우리 서로 위로하며 이겨내 보자.

지금처럼 말이야.

박보배

# 우리 함께 가자

● 나의 불안에게 ●

나 어릴 때
불안이가 찾아온 날은
두려움과 공포의 전쟁터였다.
아버지는 화가 폭발하여 밥상을 둘러엎고
엄마는 소리를 지르고 우리들은 소스라치게 놀라며
불안이와 한 덩어리가 되었다.
아버지 발자국 소리는 저벅저벅 두려움의 아이콘이었고
그때부터 불안이는 '조마조마'라는 새끼를 키우며
내 주변을 서성이며 오늘까지 따라다닌다.

나를 지켜주느라 애쓴 너,

불안이.

내가 잘못될까 봐 나보다 더 떨었을 불안아,

고마워.

덕분에 평화의 느낌, 달콤함도 알았지.

불안아.

지금 느낌은 어때?

불안아.

내게 하고 싶은 이야기가 있니?

불안아.

내가 너를 불러주니 기분이 어때?

불안아.

또 네가 찾아올 때 내가 어떻게 맞이해주면 좋아?

불안아.

사실 난 잘 모르겠어.

불안이가 올 때는 두려움도 같이 오더라.

그래서 두 팔 벌려 환영하지는 못했어.

그렇지만 너를 그냥 너로 보내

내게 찾아올 때 너에게 물어볼 거야.

"오늘은 왜 왔니?"라고 말이야.

불안아, 고마워.
이제야 너에게 감사를 표현해보네.
불안하다면 내가 잘 살고 있다는 뜻이겠지?

불안이의 존재로 인해 좀 더 솔직해지는 나,
더 나다워져서 너에게 미소 보내는 나,
좀 멋있지?

불안이 너는 나를 지키기 위해
내 인생 문 앞의 파수꾼이었음을 이제는 알아.
고마워.
우리 함께 가자.
삶이라는 무대에서 만난 불안아!
너로 인해 삶은 더 진지해지고 풍요로워질 거야.

박서희

# 사랑을 가르쳐 준 너에게

나의 두려움에게

두려움아,

그때부터였던 것 같아.

너와 친구가 되었던 게 말이야.

내가 어릴 때 아빠는

사소한 일에 언성을 높이거나 자주 화를 내기도 하셨어.

그래서 난, 작은 실수에도 움츠려들고

몸과 마음이 얼음이 되어 버렸지.

상대방의 감정을 유난히 살필때도 있었어.

처음에는 너를 만나는 것이 끔찍하게 싫었어.

그러다가 어쩔 수 없이 찾아온

너와 함께 하는 시간들이 점점 익숙해졌던 것 같아.

때론 너는 나를 숨 막히게 했었지.

한숨으로 변하기도 했고 말이야.

너로부터 도망치려고 발버둥 치며 보냈던 시간들을 떠올려본다.

나 진짜 많이 애썼거든.

이제는 너에게 고마워.

너로 인해 많이 아프고 힘들고

아빠를 원망하고 미워했던 적도 있지만

너를 이해하기 시작하면서

나는 조금씩 성장할 수 있었어.

사랑이 필요할 때마다 네가 찾아온다는 걸 알게 되었거든.

네 덕분에 안전하게 보호받고 싶고 사랑받고 싶다는 마음이

내 안에 있었다는 걸 알게 되었어.

아빠도 사랑이 필요했구나, 이해하는 마음도 생겼단다.

그래서 두려움 네가 찾아온 거였구나.

만약 그걸 깨닫지 못했다면

난 아마, 평생 아빠를 이해하기 힘들었을지 몰라.

사랑을 가르쳐준 너에게 고마워.

나는 나를 더 많이 사랑하기 시작했고

아빠에게도 사랑한다고 말하기 시작했어.

이제 너에게 새로운 이름을 지어줄 때가 온 것 같아.

사랑.

어때? 마음에 들어?

우리 이제,

'사랑'이라는 새로운 이름으로 만나자.

사랑해,

사랑아.

사랑해,

두려움아.

남동생이 태어난 지 얼마 안 되었을때 찍은 가족사진

서혜주

# 고맙게도

나의 슬픔에게

먹구름.

머지않아 세찬 비를 예고하는 무서운 그것.

둘째의 앙칼진 말이 그랬다.

쏴아아.

이어 받기라도 했는지 아들 소나기가 퍼붓는다.

얼굴이 빨개지도록,

저 깊은 진피층까지 찌르고 파고드는 언어의 화살이다.

하루의 반을 4평 공간에 붙어 있으면서

서로의 단면들이 너무도 잘 보였던 시간들.

속상함과 외로움을 넘어

말문을 잃고 몸이 굳어져 어찌할 바를 몰라 하던 나.

나의 마음,

나의 슬픔아.

영원한 내 편이자 내 팬일 줄 알았던 아이들에게 외면 받아

속으로 겉으로 울고 또 울어

바닷물만큼의 눈물을 몸에서 쏟아내게 했던

나의 깊고도 푸른 슬픔아.

둔한 엄마가 레시피도 못 외운다며 왕짜증을 내다가도

못내 안쓰러운지

엄마 특유의 바지런함에 대해 깨알 칭찬을 해 주었지.

그거 아니라도, 너희 아니라도,

내가 슬플 이유와 상황이 얼마나 많은데

긴 시간 혼자 얼마나 전전긍긍하며 살아왔는지,

너희가 다 알기는 어렵겠지만

왜 엄마 마음을 그렇게 아프게 하니?

왜 그렇게까지 슬프게 하니?

시간이 약이어서 점점 나아질 텐데.

슬픔아, 나의 슬픔아!

이제 진정이 좀 되었니?

단련 받는 기분이 든다고?

너를 어떻게 위로해 줄까?

혼자 툭툭 털고 일어날 수 있겠다고?

내가 생각하기에 너는 굳이 다른 무엇이 될 필요 없이
너로서 귀하고 소중해.
앞으로도 잠시,
필요한 순간 내 친구가 되어 머물러 주렴.

부인 않고 온전히 인정했더니
슬픔은 고맙게도 삶을 딛고 일어서는
강인함의 바탕이 되어 주었다.

손경민

나의 슬픔에게

슬픔아,

시무룩해지며 눈물을 꾹 참는 빨간 얼굴.

너는 꼭 못난이 인형을 닮았구나.

철없는 아빠가 쏟아내는 비난과 욕설을

어린 딸이 온 몸으로 받아내고 있을 때,

지켜주지 못한 것이 모두 나의 어리석음 같아

숨이 쉬어지질 않았어.

밤새 뒤척이며 주먹으로 바닥을 내리치고

쏟아지는 눈물이 버거워 가슴을 치며 괴로워했어.

너를 곁에 두고 슬퍼할 자격도 없다고 생각했어.
있는 그대로 너를 인정해 주지 못해서 미안해.
울고 있는 나도 못마땅했으니까.
무언가 바꾸어야 한다면 그건 너를 향한 나의 태도이겠지.
너를 온전히 감당할 때
맞설 수 있는 용기가 생긴다는 걸 알아가는 중이야.

슬픔이란 '시간'이 아닐까?
눈물이 한 방울도 남아 있지 않을 만큼의 시간이 흐르면
그때의 나도,
그때의 너도,
그때의 상황도
어쩌면 이해할 수 있지 않을까?

**유명순**

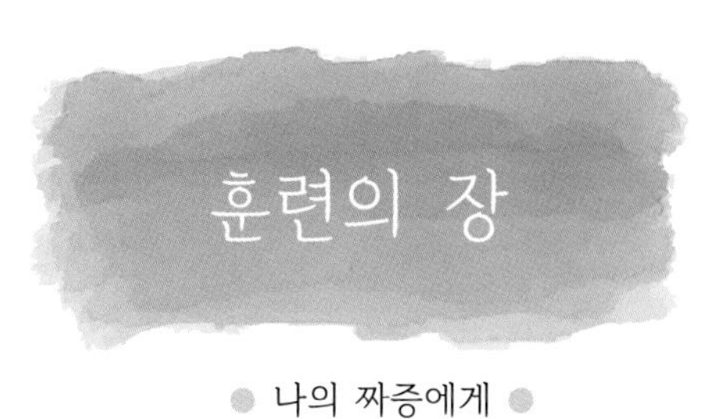


● 나의 짜증에게 ●

창문이 닫혀있는 좁은 공간.

답답한 공기.

숨이 막혀 오는 듯하다.

심장이 조이는 느낌이다.

왜 그랬을까,

생각해 본다.

나의 감정 상태는 '짜증'이었다

주야간 교대를 하는 업무를 보고 있다. 야간 근무 때에는 야간 학교를 밤 9시에 마치고 피곤한 몸, 어둠과 함께 늦은 밤 10시에 출근한다. 4층 건물의 계단을 걸어 오를 때 숨이 차다.

좁은 공간은 아니지만 창문이 닫혀있을 때가 있고 무더운 여름, 작업을 위한 스팀 열기가 공기를 가득 메우고 있다. 그런 현장으로 들어갈 때면 숨이 막히고 가슴이 답답하여 숨겨져 있던 짜증이 올라오곤 했다.

"소식 듣고 계시죠? 급하게 변경되었어요. 어서 준비해서 보내주어야 합니다."

"아, 네…. 해야 할 일이 쌓여 있네."

짜증 섞인 나의 감정이 입 밖으로 나왔다. 상대 역시 못마땅하다는 듯, 통명스럽게 답한다.

"언제 나와요? 어서 서둘러서 보내줘요."

나는 준비되지 않은 물건들을 정리하여 급하게 재단실에서 가져다가 분야별로 바구니에 담았다. 엘리베이터를 이용하여 재봉실에 전해주어야 하는 일을 신속하게 처리하였다.

후, 한숨이 절로 나왔다.

짜증아!

지금 너의 마음은 어때?

많이 힘드니?

괜찮아.

닫혀있는 창문을 열면 되니까.

지금의 내가 그때의 나를 바라보니 안쓰럽고 미안한 마음이 들어.

안아주며 다독거려 줄 걸.

대단하다 말해줄 걸.

이 글을 쓰면서 나는 울고 있다.

성경에 이런 말씀이 있다.

"수고하고 무거운 짐 진 자들아. 다 내게로 오라. 내가 너희를 쉬게 하리라. 나는 마음이 온유하고 겸손하니 나의 멍에를 메고 내게 배우라. 그리하면 너희 마음이 쉼을 얻으리니." (마태복음 11:28~29)

이제 나는

어떤 감정과 친하게 지내고 싶을까?

자랑스럽다.

감격스럽다.

단어가 떠오른다.

짜증나는 감정 때문에 버럭 화를 낼 때도 있었다. 하지만 이제는 짜증이 올라오려고 하면 먼저 창문을 열고 공기를 환기시킨다. 샤워를 하고 말을 아끼려 한다. 하나님께서는 입술을 다물고 침을 삼키며 나의 감정을 조절하게 하셨다. 또한 기도하게 하셨다. 이러한 상황 속에서도 공부를 하게 해 주셨으니 감사하다.

하나님의 은혜로 짜증이 변하여 훈련의 장이 되어 감사하다.

윤도연

# 천사의 선물

● 나의 슬픔에게 ●

열세 해 전,

봄바람은 차가웠네.

작은 씨앗을

내 품에 안은 그 순간,

세상은 빛으로 물들었지.

하지만 얼마나 빨리 어둠이 찾아왔는지.

불타는 물집, 찌르는 듯한 고통이

몸을 뒤덮고,

뜨거운 눈물

밤하늘을 적셨네.

모두가 내게 속삭였지.
아이를 보내줘야 한다고….

하지만 난 굳게 믿었어.
하늘의 사랑이
나와 우리 아이를 지켜줄 거라고.

매일 밤 기도했지.
아이의 건강을 간절히,
그리고 우리의 행복한 앞날을 위해.

그리고 열 달 후,
놀라운 기적이 일어났지.
작은 천사가 우리 품에 안겼네.
맑고 순수한 눈빛,
따스한 미소,
세상 어떤 행복이 이보다 더 클 수 있을까 싶었어.

열세 해 세월,
눈 깜짝할 사이.
건강하고 밝고 아름답게 자란 너.

함께 웃고

함께 울며 쌓아왔던 우리의 소중한 추억들.

그때의 고통과 두려움은 이제 먼 기억.

너의 건강이 우리에게 최고의 선물이니까.

감사하는 마음으로 매일을 살아가네.

사랑하는 가족과 함께

사랑하는 너와 함께 행복하게.

열세 해 전,

그날의 고통은 이제 없어.

너의 따뜻한 사랑으로 내 삶은 더욱 완벽해졌어.

고마워.

사랑하는 내 아가야.

세상에 둘도 없는

보석 같은 너를 내게 주신 하늘에 감사해.

이 마음 잊지 않고,

늘 감사함으로,

늘 행복함으로

너를 지켜줄게.

사랑해.

사랑해.

효안이에게.

윤지희

# 말해주고 싶다

● 나의 화에게 ●

절대로 내어주고 싶지 않았던

너의 자리.

반갑지도 않던 너는

가끔씩 나를 찾아 왔지.

그럴 때마다 내 안의 모든 장기가

요동을 치는 줄도 모르고 말이야.

펄펄 끓는 물처럼

불안과 혼란을 주고

추운 겨울바다를 내내 서성이게 했구나.

이제는
괜찮아 괜찮아.
함께하는 동안
단단해진 내가 되어
너를 반기는구나.

맑은 물속에
손과 발을 담가 보기도 하고
토닥토닥 잘했다 고생했다
편안하고 단단해진 나에게
말해주고 싶다.
인생은 선물이라고
다 지나간다고
잘 견뎌주어 고맙다고
말해주고 싶다.

너는 너에게 무어라 말해주고 싶니?

이송희

# 모든 것이 잘 될 거야

나의 두려움에게

나의 아픈 마음아,
조금씩 준비하고 있었지.
이미 예고된 이별임에도 불구하고
막상 부딪힌 이별 앞에선 아무 소용없던 너.
어둠 속에 잔뜩 웅크리고 있는 아이가 되어 있었지.

새벽녘 갑작스레 들려오던 전화벨 소리.
통화 후 다급히 부르시던 엄마의 목소리.
"얘들아, 병원으로 빨리 와달란다. 아버지가 위급하시대."
병원에 도착했을 땐 아버지는
산소 호흡기에만 의존해 얇은 호흡만 겨우 내쉬고 계셨지.

그날 오전은,
내가 사랑하는 아버지와의 가장 힘들고 아픈
이별의 날이 되었어.
그래서인지 간혹 새벽녘에 전화벨이 울리면
나도 모르게 심장이 덜컥! 내려앉는 듯한 느낌이 들어.
좋지 못한 소식이 들려오지는 않을까 하는
괜한 걱정이 먼저 앞선다.

얼마나 아팠을까?
아무리 발버둥 쳐도 변하지 않는 현실에
참고 견디느라 참 애썼다.
누구 탓하지 않고 포기하지 않은 나의 두려움아,
이겨내 주어 정말 고마워.
너는 이렇게 또 한걸음 성장해가는구나.

두려움아,
어둠 속에 웅크리고 있던 아이는 어떻게 됐어?
지금은 행복 속에서 함께 하고 있겠지?
지금 너의 기분은 어때?
평화로워졌으면 좋겠구나.

더는 다치거나 지치지 않고 단단해지기를 바랄게.

소중한 내 인생을 위해

사랑도, 일도, 행복도 지금보다 더 아름답게 시작해보자!

모든 것이 잘 될 거야. 안녕!

**이순자**

나의 억울함에게

안녕, 나의 억울함아!

그동안 내 마음 깊은 곳에서 살고 있었구나. 네가 언제 나에게 왔을까 생각해보니 결혼 후 남편과 살면서였던 것 같아. 남편은 평소에는 좋은 사람이었지만, 가끔 욱 할 때 비난의 말을 내뱉었지. 나는 너무 놀랐어. '내가 왜 이런 비난을 받고 살아야 될까?' 생각했어. 그때 네가 내 마음으로 들어오게 되었어.

남편의 말을 들어보았단다. 남편은 어릴 때 도시에서 살다가 시골로 이사를 가게 되었대. 그 때, 전학 간 시골학교동네는 버스가 없어서 1시간씩 걸어서 학교에 다녔다고 했어. 학교를 오고 가면서 친구들과 형들이 슬쩍슬쩍 부정적인 장난을 치다가 싸울 때, 진짜 많이 힘들고, 어려웠다는 이야기도 들었어. 남편도 그 때 마음속에 억울함이 들어왔던 것 같아. 친구들과 놀고 싶었고 형들한테도 인정받고 싶었는데, 남편 마음속에 쌓여 있던 억울함이 어른이 되어서 이렇게 연결될 줄 몰랐어.

나는 결혼하고 나서 살림을 알뜰하게 하지 못한 것 같아. 밥과 반찬 만드는 것이 서툴렀지.

"왜 반찬이 맛이 없어?"라고 남편이 반찬 투정을 하기도 했어. 그래도 애써  만들어 놓았는데 입맛이 까다롭고 예민한 남편이 잘 먹지 않고 타박하는 것이 억울했어.

28살 때 남편을 만나 결혼을 했어. 바로 아기가 생겨 연년생 두 아들을 양육해야만 했지. 아이를 키우는 것도 버거운데 가끔 남편은 회식이 끝나고 집에 와서 나에게 비난을 하거나 다투게 될 때 억울해서 울기도 하였어.

어릴 때 나는 밝고 명랑한 성격에 긍정적이었는데 차츰 웃음이 없어지고 날이 갈수록 스트레스가 높아졌어. 우울하고 속상해서 두 자녀가 자고 있을 때 일기를 쓰면서 울었단다.

가장 보호받고 사랑받아야 할 두 자녀에게 나의 감정을 주체하지 못해서 짜증과 화를 냈었지. 아이들에게 너무 미안하고 잘못한 것 같아서 아이들이 고등학생일 때 진심으로 사과를 한 적이 있단다.

내 마음속에 억울함이 가득 찰 때, 더 이상은 견딜 수가 없어서 남편이 퇴근하는 시간에 맞추어 남편과 나는 바닷가로 갔었어. 아이들이 있는 곳에서는 싸울 수 없어서 바닷가로 간 거야. 참고 참았던 억울한 이야기들을 남편에게 쏟아 부었지. 남편이 나에게 했던 것처럼 비난도 하고 부정적인 말들을 쏟아내었어. 남편은 작은 목소리로 말했어.

"미안해. 진짜 미안해. 어떻게 참았어. 이야기를 하지."

내가 이야기를 안했겠니? 이야기를 했지만 그때는 들리지 않았을 뿐이지.

그런 일이 있고 난 다음, 남편은 조금씩 변화가 일어났어.

억울함아!

그러던 남편이 33년 직장생활을 마치고 퇴직을 했어. 예전의 생활과 달리 지금은 아파트 베란다에서 석란을 키우고 있는 중이야.

억울함아!

넌 무엇을 하고 싶었니? 나는 일을 하고 싶었어. 그래서 지금도 어린이집을 운영하고 있어. 넌 무슨 선물을 받고 싶니? 나는 너에게 자유를 주고 싶어. 내 안에서 오래도록 머물고 있었잖아. 많이 답답했지? 이제는 너를 잡아두지 않을게.

억울함아,

안녕.

잘 가.

나는 행복, 기쁨, 사랑 안에서 살고 싶어.

가끔은 너를 기억할게.

억울함아!

진짜,

안녕.

이정숙

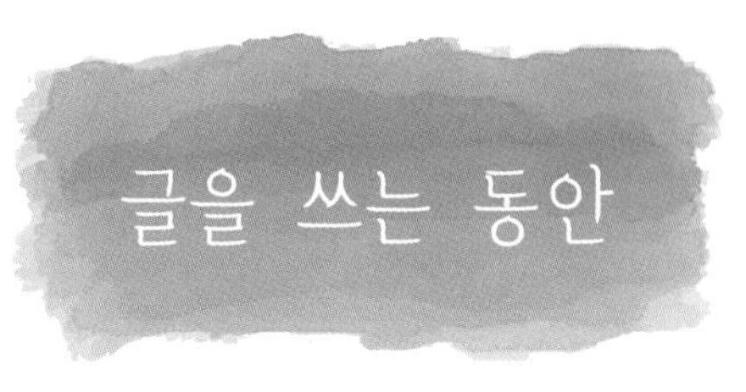

# 글을 쓰는 동안

● 나의 불안과 짜증에게 ●

텔레비전 앞에서 장시간 앉아 있는 남편을 볼 때마다 짜증과 불안이 올라왔다. 분주하게 움직여야 하는 비즈니스와 주택에서의 생활이 녹록하지 않음을 아는지 모르는지. 모른다면 불안하고 알고도 그런다면 짜증이 나는 것이다.

어린 시절, 아버지는 술과 노름으로 시간가는 줄 모르고 밤을 새웠다. 불안한 엄마의 모습을 온몸으로 느꼈던 탓일까? 불안해했던 엄마의 감정을 오롯이 내가 받아 아직 치유하지 못한 것이 아닐까?

오늘 이 글을 적으면서 나의 불안과 짜증을 가만히 느끼고 들여다보았다. 그 옛날, 내가 어찌할 수 없었던 아버지와 엄마의 환경 때문에 감정의 강한 영향을 받아 사실보다 훨씬 더 크게 확대되어진 나의 감정이 아닐까라는 생각이 들었다. 남편에게 미안한 마음이 들기도 한다.

나의 불안과 짜증아! 수고하였네. 60여 년 동안 불안과 짜증을 제대로 표현도 못하고 지낸 시간들, 속앓이를 얼마나 많이 하였을까 생각하니 짠하다. 잘 지나 왔구나.

지금은 경제적으로나 신체적으로나 시간적으로나 여러모로 여유로우니 그 감정에서 벗어나도 된단다.

그때 그 감정을 충분히 공감하고 느껴줄게. 어렸던 정숙이가 엄마가 가졌던 감정과 동일시되어 있었던 것을 이제야 보게 되네.

짜증아, 불안아. 참 많이 미안하구나. 너를 가두어 놓았으니 얼마나 답답하였을까? 이제 나는 후련하단다. 너를 해방시켜 주어야겠다는 생각에 자유로움을 느끼게 되는구나.

글을 쓰는 동안 돌아가신 엄마와 나의 관계를 한 발짝 물러서서 보게 되었다. 이제는 평화로이 남편과 텔레비전을 보면서 소통도 잘할 수 있겠다는 깨달음도 얻게 되었다. 엄마와 내가 분리되어 지금 이곳에서 남편과 잘 소통하는 내가 되었음에 기쁘다.

짜증아, 불안아.

안녕. 잘 가!

**이현자**

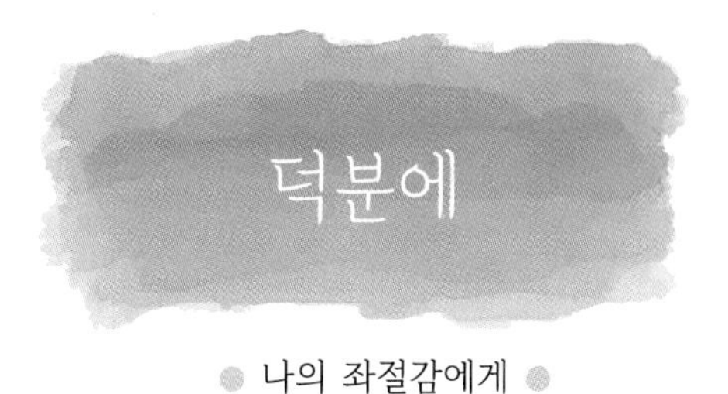


나의 좌절감에게

나의 좌절감아.

철장 속에서 포효하던 야생 호랑이를

두려움과 슬픔으로 꿈에서 바라보았던 내 영혼은

그것이 다가올 미래임을 직감하고 슬피 울었지.

꿈을 꾸고 나서 며칠 후 아버지의 부도로,

흰 백합이 너무나 고왔던 마당과 사랑하고 사랑하는 가족과

이별하게 되었지.

우린 닫힌 가슴으로

아무런 저항 없이 살아가야만 했어.

그 시간들을 어찌 살아 냈을까?

내 영혼아!

속에서 끊임없이 만들어내는 좌절감을 극복하기 위해

습관적으로 노를 젓고,

멈출 수 없는 바다를 사랑하려 애썼던 지난날을 기억하니?

덕분에,

습관이 부지런함을 만들어 주었어.

대견하지?

스스로 토닥여주고

거울 앞에서 한 번 웃어준다.

좌절감이 까칠함과 새침함을 만들었지만

덕분에 삶에 더 집중할 수 있게 해주었어.

덕분에 성장의 열매를 맺을 수 있었고

나는 더 단단해졌구나.

이제는

사랑하고 싶다,

너를.

전복선

# 모든 것을 이루어 내고 있구나

● 나의 불안에게 ●

20가구 남짓한 시골에서 자란 내게

'국민학교 입학'은 두려움 그 자체였지.

새로운 친구들,

새로운 공부들,

수업시간에 흐르는 어색한 공기는

천진난만한 나를 불안의 세계로 몰아갔었지.

거칠고 배려심 없는 개구쟁이였던 남자아이 짝은

내게 또 다른 억울함과 수치심을 안겨주었어.

일요일마다 내 마음은

학교가기 싫은 우울함으로 가득했지.

나의 불안아,
휘몰아치는 바람에 나부끼는 나뭇잎처럼
몸 둘 데를 몰랐던 감정과 눈빛이여!
선생님과 친구들 앞에서 너는
무인도가 되어 버렸지.

갈 곳을 잃었던 8살의 복선아,
이젠 너의 외로움에 다가가
포근하게 안아줄게.
아무렇지 않게 행동했지만
부끄럽고 상처받은 너의 영혼에
토닥토닥 어깨 두드려 주고
자상하게 귀밑머리 넘겨주는
따스한 손길을 보낸다.

그리고 나의 영혼아,
수고했어.
여기까지 잘 살아와 주어 고마워.
이제 그 어떤 외부의 상황도 너의 마음을
좌우할 수는 없어.
너는 깊은 무의식의 충만으로
모든 것을 이루어 내고 있구나.

지금처럼 앞으로도 영원히,

널 믿어주고 응원해 줄 거야.

우리 함께,

자유롭게 잘 살아 보자.

전숙향

# 나는 술래

나의 불안에게

"아, 찾았다. 나의 불안!"
나에게 네가 있는 줄 몰랐어.
노년의 엄마와 함께 살면서 어느 순간,
아주 깊숙하게 숨어있는 너를 찾아냈지 뭐야.
엄마가 안방 문을 '쿵'하고 여는 소리와 동시에
넌 내 가슴이 방망이질 치게 만들었어.
'아, 이번에는 어떤 잔소리를 하실까?'
'엄마가 못마땅해 하는 일은 뭘까?'
'오늘 내가 지적받을 일이 또 있을까?'
엄마의 몸짓, 표정에 따라
넌 말랑말랑한 반 건시가 되었다가

바짝 말라비틀어진 딱딱한 곶감처럼 변하기도 했었지.

이제야 네가 나에게 숨어있었던 이유를 알게 되었어.
나는 늘 엄마에게 만족과 기쁨을 주는 존재가 되고 싶었던 거야.
칭찬받고 인정받고 싶은 그 감정을 꼭꼭 숨기느라
많이 힘들었겠구나.
'우리 아들도 엄마인 나에게 이런 감정을 느끼고 있었을까?'
아들의 감정을 읽어주지 못했다는 생각에
미안한 마음이 갑절로 들었어.
존재 자체로 인정해 주고 기뻐해야 하는데 말이야.

그러나 나에게 엄마를 향한 사랑이 없었다면,
네가 눈에 띄지도 않았을 거야.
내가 더 큰 그릇이 되어
너를 편안히 담아주지 못해서 미안해.
이제 네가 숨어있다는 걸 알아챌 때마다
못 본 척 버려두지 않고 다정한 술래가 되어 꼭 찾아줄게.
그리고 너를 포근히 안아주고
당당하게 내 감정도 이야기해 줄게.

나의 불안아,
이렇게 만나게 되어 반가워.

조준영

# 그 사이에서

나의 불안에게

시간이 흐를수록 누군가에게 내 고민을 말하지 않게 된다.
어릴 적 고민도 그때의 나에게는 결코 가볍지 않았지만
친구들에게 마음껏 털어놓을 수는 있었다.
만나기 어려우면 전화로라도 고민과 어려움을 토로했던
기억이 새록새록 떠오른다.
친구들과 각자의 길을 걷게 되었다는 게 실감이 난 뒤부터
고민을 자주 털어놓지 않는 우리를 발견했다.
우리의 고민은 예전보다 더 복잡하고 어려워졌다.
그만큼 명쾌한 대답을 꺼내기도 쉽지 않은 일이었다.
좋아하는 일과 잘하는 일 사이에서,
삶의 의미와 태도 사이에서,

사랑과 사람 사이에서 모든 고민이 시간과 함께 깊어졌다.
마음이 복잡하고 무거웠다.

이 모든 것을 혼자서 버텨내며
어릴 적 엿보았던 어른의 고독이 내 것이 되었음을 알아챘다.
답답함을 감추려 덤덤한 표정을 짓던 아버지의 표정이
내 것이 되었고,
어머니가 간혹 지으셨던 슬픈 눈에 올라간 입 꼬리가
내 얼굴에서 드러났다.
다사다난한 일상을 뒤로 하고 괜찮다고 말하는
나를 보면 알 수 있다.
괜찮다는 말 뒤에는 많은 의미가 담겨있다는 것을 말이다.

망설임과 용기 사이에서
나의 불안에게 말을 걸어본다.
나의 불안아,
이제는 내 친구가 되어줄래?

**최경순**

## 훌훌

● 나의 두려움에게 ●

엉엉 소리 내어 울고 나니
시원하다.

두려움아,
이제 떠나가 줄래?
50년 동안 내안에서 잘 살았으니
이제 내가 너를 보내줄게.

맞아 죽을까봐 집에도 못 들어가고
잠 잘 곳을 찾아 교회로 갔다.
강대상 탁자 안에 방석 깔고

그곳에서 몇 번이나 잠을 잤는지 모르겠다.
새벽기도 시간,
찬송가 부르는 소리에 잠 깨어
새벽 예배 마치고 아침에 집엘 갔지.
얼른 씻고 학교로 향했던 나날들.

그때는 왜 그랬을까?
아버지의 헛기침만 들어도 이미 내 몸은 경직되었다.
손에 잡힌 물건을 던지는 시늉만 해도
눈앞에서 나는 벌써 사라졌다.
허리 벨트로도 맞아봤다.
묻고 싶다.
왜 그랬어요?

세월이 흘러 지금의 나를 들여다본다.
나도 모르게 두려움이 몸에 배어 있다.
남편이 조금만 목소리를 크게 해도,
티슈 한 장 던지는 시늉만 해도,
수저를 싱크대에 던지는 소리에도
내 감정은 소용돌이친다.

글을 쓰며

들숨 날숨 가운데
혼자만의 시간을 가지며
나를 인정해주고 이해해본다.
아, 그랬구나.
그래서 나도 모르게 그랬구나.
많이 힘들고 괴로웠지만 이제는 훌훌 떠나보내고
새로운 여러 감정과 잘 지내기 위해 도전할거야.
지금까지 잘 견뎌준 내가 고맙구나.

지금은 어때?
보내고 나니
편안하다.
나는 나를 더 소중히 여기고 사랑한다.

두려움이란,
나를 지그시 바라보는 힘이 되어 주었네.
이젠 편안함이 나의 친구가 되어
그 자리를 메워주고 있다.

최수미

# 외롭게 두지 않을게

나의 모든 부정적 감정에게

행복하지 않은 가정환경 속에서 자연스럽게 나에게 스며든
감정들아!
어린 아이였을 때는 밝고 맑은 나였는데
부모님의 잦은 싸움으로 불안과 짜증, 화, 분노가
나를 차츰 덮어버렸어.

어릴 때부터 집보다는 밖이 좋았고, 친구들 집이 좋았어.
밖에서는 집안에서 느껴야하는
불안과 두려움, 짜증, 화를 느끼지 않아도 됐으니 말이야.
우리 집과 다른 행복한 환경을 알고서는
그것 또한 짜증으로 밀려왔었지.

언제부턴가 너희들을 보기 힘들어 웃음으로 덮어버렸어.

난 불행하지 않아!

난 웃으니까 행복해!

사실, 속은 썩어가고 있었지.

너희들이 자신을 봐달라고 아우성을 치는데

난 너희들을 외면하기 시작했어.

그래서일까.

너희들을 억누른 탓에 드디어 너희들이 폭발하기 시작했어.

힘들어.

너희들을 마주하는 것이.

너희들을 직면해야 하는 것이.

그런데

이젠 더 이상 너희들을 외면하면 안 된다는 것을 알기에

용기를 내어 너희들을 향해 문을 두드려 보기 시작하고 있어.

숨죽이고 있느라 얼마나 힘들었니?

나 여기 있다고 말하고 싶었는데

봐주지 않아 얼마나 답답했니?

이젠 바라봐 줄게.

이젠 알아차릴게.

이젠 혼자 두지 않을게.

그리고 안아줄게.

울어도, 화내도, 짜증내도,

두려워 떨고 있을 때도, 수치스러워 할 때도,

외롭게 두지 않을게!

따뜻한 시선으로 바라봐줄게.

그동안 외면해서 미안해.

나에게 기회를 주겠니?

최정선

# 눈물의 진화

● 나의 두려움에게 ●

나의 두려움아,

눈물만 흘리던 그때.

소리조차 지를 수 없었던 그때.

얼음장처럼 온몸이 굳어져 버렸지.

어른이 되어서도 한여름 손발이 차가워

턱까지 이불을 덮고 잤더랬지.

혼자가 되는 그 두려움.

내가 나를 보호하고 싶고 따뜻하게 안아주고 싶어서

이불을 그렇게 뒤집어쓰고 잠이 들었는지도 모르겠다.

내가 좋다며 누군가가 친밀하게 다가오면 나도 모르게 두렵다.

적당한 거리를 두면서 나의 안전한 울타리를 확보하고 싶어진다. 먼저 버림받을 것에 대한 두려움으로 관계의 어려움을 겪었다.

엄마….

새엄마와 아빠 밑에서 모진 학대를 받으며 자란 나는 12살까지 너무 힘들었다. 늘 그리워하던 엄마를 13살 되던 해에 연락이 닿아 고등학교 1학년까지 5번 만났다. 고등학교 2학년이 되던 해 3월, 새벽에 걸려온 전화 한 통이 나를 어둠의 끝으로 몰아넣었다.

엄마가 의식이 없는 상태라는 말에 눈물이 멈추지 않았다. 옆에서 이 소식을 함께 들은 아빠를 원망하며 오열했다. 엄마가 계신 강릉까지 가는 첫차는 7시. 남은 3시간 동안 눈물이 주체가 되지 않아 방안에 들어가 이불을 뒤집어쓰고 숨죽이며 울었다. 그 후 3일 뒤, 엄마는 돌아가셨다. 살아가는 이유, 살고 싶은 이유가 모두 사라진 그때였다.

나의 두려움아!

살아오는 동안 버림받을 것에 대한 염려로 참고 참느라 애썼어. 널 아프게 하는 사람들만 있지, 지켜주는 사람은 아무도 없어서 많이 힘들었지?

모두 너를 떠나고 버렸을지 몰라도 오늘, 살아 있잖아.

어둠의 끝이 아닌 빛 가운데 지금 살아 있잖아.

잘 살아왔어.

설령 누군가 널 버린다 해도 이것만 기억하렴.

너를 언제나 사랑의 눈으로 바라보는 한 분은 언제나 널 지킨다는 사실을 말이야.

너를 "나의 사랑, 나의 기쁨, 나의 보배."라 말씀하시고 영원토록 지켜 주신단다.

이제는 온전한 사랑으로 살아가길 축복해.

두려움이란, 나를 기도의 자리로 이끌어 주었다.

약한 나를 강하게 하는 힘이 되어 주었다.

이제는,

내가 필요한 누군가를 위해 기도하며

뜨거운 눈물을 흘릴 수 있는 존재가 되기를….

**한효원**

# 이제는

나의 무기력에게

아무것도 할 수 없었다.

참아야 해.

견뎌내야 해.

피할 수도 없었다.

무언가를 시도해도 소용없었다.

도망치고 싶어서

베개에 얼굴을 파묻고 귀를 틀어막았다.

익숙해질 때도 된 것 같은데 말이다.

무언가 깨지는 소리가

가슴을 찌르는 것 같았다.

심장이 두근거리고 호흡은 가빠졌다.
'또 시작이구나. 언제 끝날까?'
그 시간이 빠르게 지나가길
숨 죽여 기다렸다.

아무것도 할 수 없는 내가 답답했다.
말려도 보고 울면서 소리도 질러봤다.
가슴을 치며 우는 할머니 모습에
나도 같이 소리 내어 울고 싶었다.

무기력은 늘 나를 잡았다.
그래, 그랬구나.
늘 거기 있었구나.
함께였구나.
그리고
27년이 흘렀다.
이제 보내줄 때도 되었는데,
무기력을 붙잡고 있었던 건 내가 아니었을까?

살다보면 너를 또 가까이서 만나게 되는 날이 오겠지?
괜찮다.
이 또한 나의 소중한 감정이다.

이제는

네가 찾아오면 알아차릴 수 있는 내가 되었다.

무기력아, 고맙다.

네 덕분에 내가 단단한 사람이 되었다.

삶의 모든 감정과 경험이 나를 성장하게 했다.

지난 시간과 내 무기력에 진심으로 감사한 마음을 전한다.

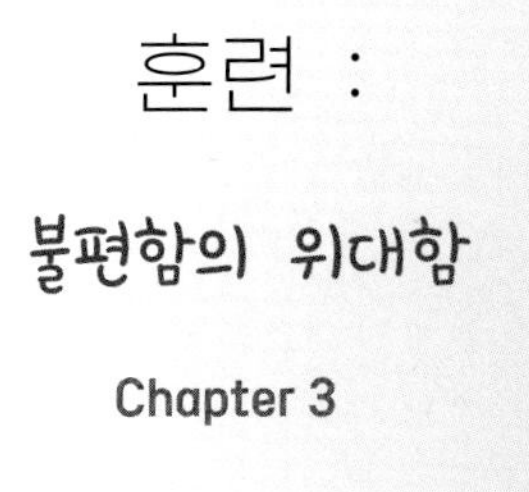

# 훈련 :

## 불편함의 위대함

Chapter 3

축구공은 앞으로 굴러 가면서 맨 위의 지점이 아래로 내려오고 동시에 맨 밑의 지점은 위로 올라갑니다. 이런 과정을 반복하며 축구공은 앞으로 계속 굴러 가게 되는 것이지요.

나의 삶이 객관적으로는 전진하고 있는데, 주관적 측면에서는 실망과 과절로 느껴질 수 있습니다. '나는 왜 이렇게 변화가 없을까?'라고 생각하는 것은 위에서 내려오는 지점을 지나고 있기 때문입니다.

훈련은 연마, 단련, 자기 수양, 의도적인 노력이라고도 할 수 있겠습니다. 죄다 불편함을 가져다 주는 단어입니다. 그런데 여러분, 불편함이 곧 고통일까요? 불편한 것은 사실, 그것을 고통으로 여기는 것은 나의 생각이나 감정입니다.

나의 역량을 뛰어넘는 새로운 도전을 하는 데에는 불편함이 따라올 수밖에 없습니다. 당연한 자연의 이치입니다.

자신의 삶에서 훈련에 힘쓰는 이들 혹은 의도성을 가지고 노력하는 이들은 장기적으로 열매 맺는 인생을 살 가능성이 높다.

- 고든 맥도날드, 내면세계의 질서와 영적 성장 -

불편함을 가져다주는 훈련을 하고 계신가요? 축하드립니다. 열매 맺는 인생을 살 가능성을 높이고 있는 중이니까요. 그래서 불편함은 위대함입니다. 여러분의 느린 성장을 즐겨보세요. 꾸준함으로 양을 축적하면 질이 좋아집니다. 불편함을 즐기면서 위대함을 만들어낸 사람을 이길 수 있는 방법은 없습니다.

불편함을 시작하세요.

불편함을 유지하세요.

불편함을 위대함으로 바꾸세요.

불편함을 즐기면서 동화같이 기록한 3장의 글이 여러분을 도와드릴 것입니다.

강다연

# 나의 소중한 요정 친구

나의 마음 속 마을에 감정 요정인 '인내'가 나타났어요. 분명 처음에는 없었는데 어느 순간 뽕 하고 나타났어요. 크기가 너무 작은 게 문제였어요.

"우리 조금만 참아보자!"라고 말해도 다른 요정들이 들어주질 않았어요. 하지만 시간이 점점 지나며 내가 커지는 것처럼 인내도 같이 커졌어요. 이제는 "우리 조금만 기다려보지 않을래?"라고 말해도 다른 요정들이 "그래!"라고 답해 줬어요. '아이스크림을 두 개 먹을까?'라고 생각해도 인내가 "두 개를 먹으면 배가 아플 수도 있어." 라고 말하며 나를 멈추게 하기도 했지요. 이렇게 인내는 마을 속에서 크고 강한 요정 중 한 명이 되어 나를 도와줬어요.

조금 더 나이가 들게 된 나는 인내가 더 많이 도와줘야 했어요. 하루에 열 번 이상 인내를 불러서 흥분한 나를 다스리고 침착하도록 했지요. 하지만 이렇게 인내를 많이 부르게 되니 인내도 결국 지치고 힘들어서 부들부들 떨다가 화를 내버렸어요!

갑자기 울기도 하고 짜증을 내기도 하였어요. 다른 요정들은 인내가 진정할 수 있도록 아무 말 하지 않고 기다려 줬지요. 그러다 인내가 진정한 것처럼 보일 때 걱정이가 "인내야, 괜찮아?"라고 물어봐 줬어요.

인내가 "응. 이제 진정이 좀 됐어."라고 말한 것과 동시에 나도 괜찮아졌어요. 계속 참는 것보다 한 번 시원하게 혼자 화를 내고 푸는 것으로 게임 캐릭터가 다시 리셋된 것처럼 멀쩡해 졌어요.

지금의 나는 과거의 나보다 성숙해져서 화가 났다고 무작정 화를 내지 않고 다른 사람들을 위해 참을 수 있게 되었어요. '아냐. 이건 하지 않는 것이 좋겠어.' 하며 스스로 판단하고 절제하는 능력도 커졌지요. 아직 어리숙하고 충동적인 점도 있어요. 그래도 이런 점도 10년 뒤의 나에게는 내가 더 성장할 수 있는 영양분이 될 거예요. 고치며 바람직하게 행동하고 나를 위하는 마음도 커져 있겠죠?

저의 성장, 기대해 주세요.

강승구

# 나의 무기 열정이

나에겐 무기가 하나 있다.
바로, '열정'이다.

어릴 때부터 난 열정이와 함께했다.
목표는 매번 바뀌었지만
열정이가 항상 나와 함께한다는 것은 변함이 없었다.

유치원 때부터 초등학교 1학년까지는
육상 100m 선수 우사인 볼트의 세계 신기록을 깨는 것이
나의 목표였다.
나와 열정이는 목표를 위해 함께 나아갔다.

초등학교 3학년이 될 무렵 나의 목표는
손흥민을 뛰어넘는 세계적인 축구 선수가 되는 것이었다.
이번에도 열정이는 어김없이 나와 함께했다.
이번 목표는 첫 번째 목표와는 조금 다른 장기 변형 목표였다.
무려 초등학교 6학년 때까지 열정이와 함께 노력했던
긴 추억이 담기 목표이다.
초반에는 축구선수가 되는 것이 목표였고
중반에는 약간 열정이와 멀어지는 듯하였고
후반에는 결정을 내렸다.
바로 '취미'라는 결정이었다.
그 결정은 지금도 달리기와 함께 나의 취미로 남아있고
재미있게 즐기는,
때론 힘들 때 위로가 되어주는 취미가 되었다.

요즘은 열정이가 공부에 관심이 있는 것 같다.
앞서 했던 목표들이 열정이를 강력한 무기로
잘 키워준 것 같다.

이번 목표는 공부이다.
이번에도 나의 무기를 잘 사용해서 도전해 보겠어!
열정아, 늘 그래왔듯 함께 잘해보자.
파이팅!

강연길

# 빛 거울 그리고 도전

똑똑.

"……."

"안녕?"

"……."

"나야 나."

"……."

"나 여기 있어!"

오늘도 난 너의 모습에 반가워 손짓하는데

너는 몇 초 만에 사라지는구나.

마음이 아파.

언제쯤 나를 알아볼까?

고민 끝에
햇빛과 함께 하니
찡그리는 너의 눈을 보게 되었어.
수건과 함께 하니
검은 머리카락만 보여.
물과 함께 하니
하얀 수증기에 너를 볼 수가 없었어.

어떻게 해야 너를 붙잡고 볼 수 있을까?

사랑하는 남편과 웃으며 이야기 하는 너를 보며
나도 초롱초롱 아름다운 너의 눈을,
오똑한 콧망울을,
작지만 붉은 입술을 가진 너를 보고 싶어.

빛 거울아.
난 너를 볼 때마다 바빴어.
무표정한 나의 표정을 보게 되면
네가 무서워 도망갈까 봐
숨바꼭질 하느라 말이야.

사실은 나도 너와 친해지고 싶어.

다른 이와 함께 웃는 너의 모습을 보며
얼마나 부러웠는지 너는 모를 거야.

하지만 이제는 용기를 내려고 해.

아침 햇살과 함께 너를 보며
웃고 세수하며 환하게 웃고
남편과 환하게 웃으며
너를 바라볼 거야.

매일 1분씩 웃으며 너를 보며
"사랑합니다, 감사합니다."라고 말할 거야.
그렇게 매일 하다보면
무표정한 내 모습이
너를 통해 환하게 빛이 날거야.
그날이 곧 오도록 우리,
매일매일 만나자.

나에게 먼저 인사해주고
기다려 줘서 고마워.

권성희

# 영혼의 친구

어느 날 팍팍한 내 가슴에 '감사 일기'가 똑똑 문을 두드렸어요.

오직 앞만 보며 살아가는 성희에게 감사 일기는

"조금 가볍게 살아도 괜찮아.

 지금 네가 갖고 있는 것을 느껴봐."라고 속삭였어요.

처음엔 가진 게 없다고 생각한 성희는

감사 일기의 속삭임을 무시했어요.

하지만 감사 일기는 성희 앞에 자꾸 나타나서

"당연한 건 없단다.

 다른 거 보지 말고 너만 바라봐.

 네 모습이 얼마나 빛날 수 있는지 말이야.

속는 셈 치고 내 말대로 해보라니까."라며 졸라댔어요.

감사 일기의 말을 한번 믿어보기로 한 성희는
자기가 갖고 있는 것, 자기 주변에서 볼 수 있는 것을
찾아내기 시작했어요.
거기엔 잠을 잘 자는 성희가 있었고,
화장실을 잘 가는 성희가 있었고,
엄마를 닮아 피부 좋은 성희가 있었어요.
그동안 성희는 이 모든 걸 당연하다고 생각하고 있었어요.
감사 일기는
성희가 감사함을 느낄 때마다 박수를 치며 칭찬해 주었어요.
그 칭찬에 신이 난 성희는
감사 일기를 매일매일 적어갔지요.

한해 두해 시간이 흐르면서
성희는 자기의 감사 일기가
매너리즘에 빠졌다는 생각이 들었어요.
시간의 흐름대로 간단하게 적어가던 단답형 감사 일기에서
기쁨이 보이지 않았어요.
그저 아무 생각 없이, 해야 하는 일들 중 하나가 되어 버렸어요.

성희는 망설였어요.

'감사함을 느끼면 되는 거지,
 굳이 감사 일기까지 써야 할까?'라는 갈등이 생긴 거예요.

그러다 성희는 깨달았어요.
매순간 감사함을 느끼는 건 삶을 생기 있게 해주었고
감사 일기를 쓰는 것은 그 감사함의 느낌을
더 강하게 마음에 각인시킨다는 것을요.
그래서 감사 일기를 쓰면서 감사함의 크기가
계속 커지고 있었음을 알아챘어요.

이제 성희는 마음 편하게
감사한 감정과 감사 일기를 바라보게 되었어요.
앞으로 살아가는 내내 성희는
이 두 가지를 영혼의 친구로 삼을 거예요.

나에게 영혼의 친구가 있다는 것이
얼마나 든든하고 신나고 감사한지 모르겠어요.
나는 참 행복합니다.
고마워, 감사야.
고마워, 감사 일기야.

권혜련

# 가슴 뛰는 삶

어느 날, 이른 아침 시간이었어요.

혜련이는 상쾌한 공기를 들이마시며 창밖을 바라보고 있었어요.

그때 마침 '달리기'가 조깅을 하며 지나가고 있었어요.

혜련이가 달리기에게 말을 걸었어요.

"안녕! 달리기야, 그렇게 뛰면 기분이 어때?

나는 그렇게 뛰어본 지가 언제인지 모르겠어.

네가 뛰는 모습을 보니 나도 해보고 싶다."

달리기가 대답했어요.

"너도 할 수 있어. 꼭 빨리 뛰지 않아도 돼.

그냥 네가 뛸 수 있는 속도로 뛰면 돼.

네가 마음만 먹으면 할 수 있어."

자신감이 생긴 혜련이는 달리기로 결심했어요.

달리기가 알려준 대로 처음엔 1분만 뛰고 난 후 3분은 걸었어요.
다음엔 2분씩, 그다음엔 3분씩 뛰었어요.
조금씩 시간을 늘리니까 할 만 했어요.
나중에 15분을 뛰니 숨이 찼어요.
하지만 속도를 늦출 뿐 포기하지 않고 끝까지 뛰었어요.
그렇게 20분을 뛰고, 30분을 뛰었어요.
숨이 멎을 것만 같았어요.
중간에 "오늘은 여기까지만 뛸까?"라는 마음이 생겼지만
멈추지 않고 끝까지 뛰었어요.
힘든 과정을 견뎌내고 끝까지 달린 혜련이는
짜릿한 성취감을 느꼈어요.
누구보다 스스로 너무 뿌듯하고 대견했어요.
"내가 살아 숨 쉬는 게 느껴져!"
"이런 게 가슴 뛰는 삶이지!"
"몰랐던 나의 가능성을 발견해서 기뻐!"
"내 몸을 챙겨주고 사랑해주기 위해 달리기를 할 거야!"
달리기 덕분에 이런 희망찬 마음들이 생겨났어요.
이제 혜련이는 어떤 도전이 다가와도 달리기의 경험처럼
할 수 있겠다는 자신감이 생겼어요.
"달리기야, 고마워!

네 덕분에 더 자신 있고 건강한 삶을 살게 됐어."

10년 뒤에도 혜련이는 마라톤을 도전하며
근력 탄탄, 에너지 뿜뿜 넘치는 건강한 몸과 마음으로
가슴 뛰는 삶을 살고 있을 거예요.

김귀화

# 나비 작가의 결심

아름답고 평화로운 마을이 있었어요.
새들의 노랫소리가 아침을 깨우고,
꽃들이 만발한 들판과 숲이 사람들을 반겨주었지요.
사람들은 서로를 아끼고 도우며 행복하게 살고 있었어요.

이 마을에는 나비 작가도 살고 있었어요.
그는 늘 꿈을 꾸며 세상을 예쁘게 바라보는 작가였어요.
나비 작가는 밝고 명랑한 성격으로 모두의 사랑을 받았어요.
하지만 나비 작가를 시샘하는 소리도 들렸어요.

"배 집어넣어."

"뒤뚱거리는 오리엉덩이 좀 봐."

가뜩이나 자신의 모습이 신경 쓰였는데

마을 사람들의 날선 말에

나비 작가는 힘이 쭉 빠졌어요.

그는 살을 빼야겠다고 마음을 먹었어요.

그래서 새벽 운동을 시작했어요.

혼자서는 힘들 것 같아 마을 친구들에게 도움을 청했어요.

"우리 다 같이 새벽운동 해볼래?"

나비 작가는 친구들에게 말했어요.

"매일매일 함께 운동하며 서로 도와주자!"

친구들도 모두 박수를 치며 좋아했어요.

나비 작가는 새벽운동 친구들을 많이 만났어요.

그들은 함께 달리고, 춤추고, 웃으면서 하루를 시작했어요.

매일 아침마다 걷고 또 걸었지요.

나비 작가는 자신을 바라볼 때마다

날씬해지고 있는 모습에 너무 기뻤어요.

새벽운동으로 자신감을 되찾고, 더욱 밝고 건강해졌어요.

그리고 무엇보다,

친구들과 함께하는 시간 속에서 더 큰 행복을 느끼게 되었어요.

그리하여 마을은

언제나 웃음이 끊이지 않는 행복한 마을로 다시 돌아왔지요.

나비는 자신의 변화뿐만 아니라,

친구들과 함께하는 소중한 시간을 통해

진정한 행복을 찾게 되었답니다.

김나림

# 말랑말랑 독서모임

감사가 넘치는 준이네.

어느 날 '말랑말랑 독서모임'이 다시 노크를 했어요.

'맞아! 명품독서습관을 가족과 함께 해야겠어!'

7년 전 말랑말랑하지 않았던 나의 뇌가

준이들과 남편에게 악마처럼 굴게 한다는 것을 알게 되었어요.

감사일기와 624 새벽 독서모임으로

푸딩처럼 말랑말랑해진 나였지만

우리 집 남자 셋과의 소통은 어려웠고 숙제로 느껴졌어요.

"남자 셋과 다시 한 번 더 책으로 소통해보면 어때?"

그동안 조용하던 '말랑말랑 독서모임'이 나에게 속삭였어요.
"아주 좋아. 좋았어!"
그렇게 '말랑말랑 독서모임'은 가족들 동의로 새롭게 탄생했지요.

하지만 매주 약속된 시간이 다가오면
하기 싫은 내색을 온몸으로 표현하는 남자 셋을 보게 되었어요.
'때려치울까? 아무나 하는 게 아닌가봐.' 하는 마음이 들었어요.
'아니야. 오늘만 잔소리가 아닌 책으로 소통해보자.'
다시금 저를 응원하는 말랑이의 소리에
맛있는 차와 다과, 책으로 위기를 넘겼지요.

이제 말랑말랑 가족독서 모임은요,
32회차 8개월을 쭉 이어서 하고 있답니다.
일요일 저녁 7시가 되면 각자 책을 들고 거실로 모이고 있어요.

'역시! 명문습관이 명품인생이 되네.'
감사가 넘치는 준이네는 10년 후,
《여자 하나 남자 셋의 말랑말랑 독서모임》이라는 제목의 책을
출간하게 될 거예요.

김맹희

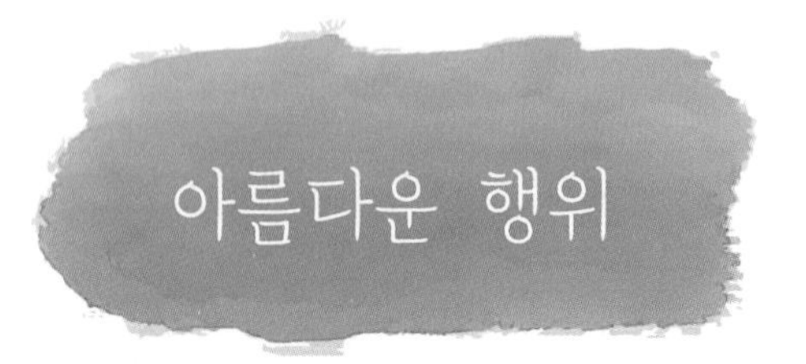

# 아름다운 행위

'문화 체육시설 에어로빅 강습을 무기한 휴장합니다.'

2019년 2월 22일의 카톡 내용이다.

오지 않아도 될 순간이 왔구나 싶었다.

운동을 하지 못한다는 상실감과 우울감으로

희망의 빛을 잃어가고 있던 어느 날,

어디에서도 위로받지 못하고

끝내 슬프게 울고 있는 나를 발견했다.

평소 맑은 기운을 내뿜으며 모든 이를 기분 좋게 해주던

김나림 사장님께 전화를 드렸다.

루이스 헤이가 쓴 《나를 치유하는 생각》 책을 추천받았다.

간절했기에 다섯 번 넘게 책을 통째로 곱씹으며
읽고 쓰기를 반복하였다.
독서를 하면서 귀하게 얻은 예쁜 글들이 많았다.
그저 감사했다.
책이라는 공간에서 사투를 벌이며 보낸 시간들은
값진 성장으로 연결이 되었다.

책이란?
글이란?
글쓰기란?
끈기가 부족한 나에겐 너무도 힘든 여정이었다.
문득 이런 생각이 들었다.
'이런 일로 나약해질 맹희가 아니야!'
나의 내면에서 살고 있던 용기 있는 친구는
내가 책상 앞에 앉을 수 있도록 도와주었다.

624(6시를 2번 만나는 4람들)
새벽 독서모임을 4년째 함께 하고 있다.
그리고 이번 공저 책이 여섯 번째이다.
사랑스러운 나의 제자에게는 처음인 공저 책을 함께 쓰고 있다.
또한 감사일기 천 일을 기록하며,
기록의 힘을 깨달아 가고 있는 중이다.

1년에 100권 책 읽기를 목표로 한다.
10년 후 나의 만평 꽃동산에서 글쟁이 동지들과 함께
빌 게이츠, 나폴레온 힐, 니체의 시간을 만나
인두 같은 문장으로 위로 받고 있을 것이다.
깊은 사유를 발견하고 또 다른 세상을 여행하고 있을 것이다.

나는 앞으로 더 많은 제자, 지인들과 함께 글쓰기를 안내하며
나 스스로를 돕는 아름다운 행위를 멈추지 않을 것이다.

김명희

# 그때의 선택 덕분일 거야

너 뭐야!

기별도 없이 불쑥.

하필이면 이곳에서 등장하면 어떡하니?

국민학교 운동회 날, 모두가 널 보고 있잖아.

그것도 박수 치고 함성까지 지르면서 말이야.

선물까지 준비했더라. 뭐 이런 걸 다.

공책도 받고 연필까지 한 다스 받아서 좋긴 하네.

그 날 이후 더 이상 문구사에서 노트와 연필은 안 사도 되었지.

덕분에 운동회 때마다 상과 상장이 쌓여 갔으니까.

그리고 학교에는 또 얼마나 많은 트로피를 가져다주었는지.

상장과 트로피를 가득 안겨준 너는 이름도 다양하더라.

60M, 100M, 200M, 400M계주 달리기,

2학년 때 만났지?

4년간 동행했구나.

그런 너를 결국은 떠나버린 나.

아니, 보낼 수밖에 없었다고 말하는 게 맞겠다.

보내기 전까지 덕분에 내 이름 석 자 빛났다.

지금도 경기 출발선에 들어서면 다른 레인 선수들이

속삭였던 말이 가끔 들려.

“야야. 저 애가 김명희인가 봐.”

늘 나를 빛내주었지만 일생을 동행하기엔 앞길이 막막했거든.

그래서일까.

지금까지 후회한 적 없고 미련둔 적 없어.

오히려 너를 보내야겠다고 선택한 후

체육중학교 입학 요청을 거절하기 위해

혼자서 교장실 문을 두드린 어리고 여린 6학년 명희에게

어깨를 토닥여 주고 싶어.

무지 떨리고 엄청난 용기가 필요한 순간이었음을 안다고.

그때의 선택 덕분일 거야.

어른이 되어가며 매순간 맞닥뜨렸던 선택 앞에서 후회란 없었어.

원하는 결과가 아닐 땐
다음엔 다른 선택을 해야겠다는 생각이
변화와 성장 앞에 나를 놓이게 했을 뿐.

앞으로도 그러할 거야.
나의 선택은 언제나 내 편이 되어줄 거야.
어때?
나의 미래가 기대되지?

김민주

# 멋진 민주

"까꿍. 놀랐어? 나는 '도전'이라고 해.
너랑 친구하고 싶어서 왔어."
어느 날 '도전'이 나를 찾아왔어요.
"도전아, 나 궁금한 게 있어.
많은 사람들 중에 왜 나랑 친구가 되고 싶었어?"
"진짜 궁금해? 궁금하면 500원.
음…. 요즘 네가 너무 움츠려 있는 것 같아서
조금 도와주고 싶었어. 내가 호기심이 많거든."
문제 속에 빠져 있는 나를 구해 달라고
우주에게 주문을 외우고 있었는데,
'도전'의 말에 깜짝 놀랐어요.

'내 주문이 제대로 들어갔구나. 감사합니다. 감사합니다.'

나를 찾아와 준 '도전'이라는 친구 덕분에

생기가 넘치기 시작했어요.

"민주야. 큰일 났어.

너 이제 좀 멈춰야 할 거 같아."

'도전'이 말했어요.

"흥! 싫은데? 찾아 올 때는 언제고

이렇게 즐겁고 신나는데 어떻게 멈추라는 거야?

나 그냥, 너랑 계속 친구할래."

'도전'이라는 친구를 맞이한 민주는

새로운 경험들을 쌓아가며 행복하게 살고 있어요.

7년이 되어가는 새벽 독서 모임,

선물처럼 함께 온 감사 일기 2,700일.

3권의 개인 책.

10권의 공저….

상상도 못한 일들이 내 친구 '도전' 덕분에 일어났어요.

'새벽에 일어나기 힘든데 오늘만 쉴까?'

악마의 유혹이 찾아오네요.

'아니야. 난 한다면 하는 사람인 거 몰라?

나를 믿고 끝까지 가 보는 거야.'
천사의 손을 잡은 나,
참 잘했어요.

14권의 책을 쓴 작가,
감사 일기를 나누는 리더,
새벽 독서모임을 안내하는
지금의 멋진 민주.

"도전아, 고마워.
덕분에 나 이렇게 신나게 살고 있어."
65세 민주는 희망어린이집의 원장이 되어
아이들의 웃음을 온 몸으로 느끼고 있을 거예요.

김보승

# 보승이와 여행

딩동.

"택배 왔어요."

김보승 앞.

"나 택배 시킨 거 없는데?"

"빨리 열어 봐. 너한테 온 거 맞아."

봉투가 말했어요.

깜짝 놀라 열어보니 '제주도 비행기 티켓'이 나를 보고 웃네요.

"아싸! 내가 비행기 타고 싶다고 엄마 조른 거, 어떻게 알았어?"

"엄마한테 그렇게 애원하는데 내가 어떻게 안 올 수 있겠니.
 지금 기분이 어때?"

"비행기를 처음 타 보는 거라서 긴장되지만
진짜 기대돼. 설레기도 하고."
보승이는 제주행 비행기를 타면서부터
여행의 맛을 알아버렸어요.

7살 보승이의 여행은 긴장, 설렘, 행복이 가득했어요.
그렇게 보승이는 여행이 주는 재미에 빠져들기 시작했어요.
중학교 3학년 보승이는 7번이나 비행기를 타면서
하늘과 구름에게 말했어요.
"나도 너희처럼 넓고 높은 꿈을 가지고 살게."

1년마다 찾아오는 생일에도 여행을 다녔어요.
그리고 10년.
신비로운 세상을 맞이하면서 마음도 커지고
가족에 대한 사랑도 풍선처럼 부풀어 올랐어요.

'나 이렇게 자주 놀러가도 괜찮은 건가?
커져 버린 풍선이 터지면 어떻게 하지?'
보승이는 가끔 걱정도 되었지만
엄마가 부지런히 일하시는 모습을 보고
자신이 어른이 되면 엄마에게 여행을
선물로 드려야겠다고 생각했어요.

"엄마, 내 생일마다 잊지 않고
새로운 추억을 만들어 줘서 고마워.
항상 내 마음 이해해 주는 것도 고마워. 사랑해."
보승이는 엄마를 꼭 안았어요.
"엄마도 보승이와 함께 할 수 있어서 감사한 시간이야.
앞으로도 건강하자."
여행을 통해 가족의 사랑을 알아가는 16살 보승이는
엄마의 미소에 더 행복해졌어요.

20년 뒤 보승이는 아빠가 되어
새로운 가족들과 또 다른 사랑과 추억을 쌓으면서
여전히 행복하게 살아가고 있을 거예요.

김애자

# 배움이와 함께

어느 날 '배움'이라는 친구가 살고 있었어요.
배움이는 애자에게 다가와 말했어요.
"나랑 친구하지 않을래?"
"왜 나랑 친구하고 싶은데?"
애자는 궁금했지요.
"애자가 예뻐서."
애자는 배움이의 말에 기분이 좋았어요.
그렇게 배움이와 애자는 친구가 되었어요.

25살이 되던 해,
애자는 중단했던 피아노를

열심히 배우고 연습하기 시작했어요.
손가락이 굳어서 피아노 연습이 마음처럼 쉽지 않았지만
항상 곁에서 응원해 주는 배움이 덕분에
애자는 열심히 피아노 공부를 할 수 있었답니다.

그 결과,
교회 예배시간에 피아노 반주를 할 수 있게 되었지요.
쉬는 날에는 복음성가와 찬양곡을 연주하며
노래를 부르는 행복한 시간을 자주 갖곤 했어요.

35살이 되던 해,
애자에게는 꿈이 생겼어요.
그 꿈은 '어린이집 원장'이 되는 거였지요.
꿈을 이루기 위해 어린이집 교사로 경력을 쌓아갔아요.
열정있는 배움이가 옆에서 함께해준 덕분에
4년 학사과정까지 모두 마칠 수 있게 되었지요.

드디어 41살이 되던 해에 애자는
어린이집 원장의 꿈을 이루게 되있어요.

애자는 원장으로, 교육자로
더 깊이있는 전문지식을 갖추기 위해

55살에 서울여대교육대학원 유아교육과에 입학하게 되었지요.
대학원에 입학해서 공부를 한다는 게 큰 보람도 있었지만
늦은 나이에 젊은 사람들과 배움의 길을 함께하는 일은
때로는 많이 버겁고 힘들었어요.
하지만 애자는 열정 넘치는 배움이가 곁에 있어서
대학원 교육과정을 모두 마치고 졸업을 하게 되었지요.
그때의 뿌듯함과 기쁜 마음은 지금도 잊혀지지 않는답니다.

배움이의 열정과 애자의 끈기, 인내가 함께했기 때문에
여기까지 올 수 있었다고 생각해요.

60이 넘은 지금도 애자는 배우기를 멈추지 않고 있어요.
3주 전부터 '공저 글쓰기'를 시작했지요.
글쓰기를 열심히 하면서 오늘도 애자는
행복한 하루를 보내고 있답니다.

배움아!
나와 친구가 되어줘서 고마워.
너의 열정이 아니었다면
여기까지 올 수 없었을 거야.
사랑한다.

김영숙

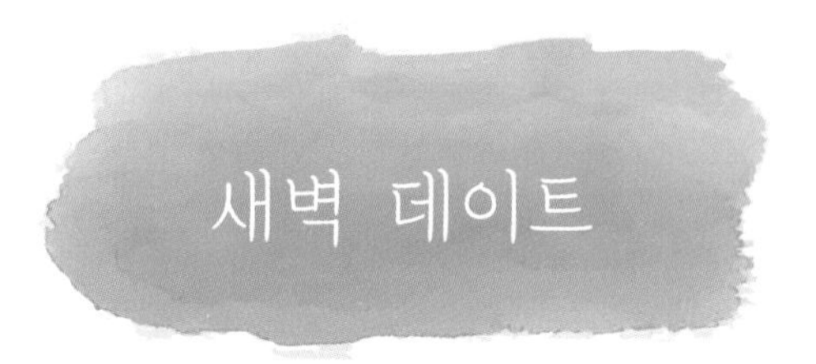


지난 겨울날, 영숙이에게 새벽이가 찾아왔어요.
'더 이상 이렇게 살고 싶지 않아.
 새로운 시작을 해보고 싶어.'
영숙이는 새로운 습관을 갖고 싶었어요.
오랜 잠에서 깨어나 새벽이를 만나고 싶었거든요.

"와아! 여기야 여기. 이리와."
"영숙이를 도와주자."
"영숙이가 일어나야 해. 뭔가 달라지고 있어."
새벽이는 친구들을 불러 모았어요.
그동안 영숙이는 새벽을 만나고 싶었지만 일어날 수 없었어요.

'우린 만날 수 없는 사이인 가봐.
'우린 인연이 아닌가 봐. 새벽은 가까이 하기엔 너무 먼 당신인가?'
영숙이는 새벽이와 친하게 지내보려고 몇 번씩 시도하다가
포기하였지요.

'새벽! 만나고 싶어, 널 느끼고 싶어.'
'상쾌함, 신선함, 여유로움. 너와 함께 하고 싶어.'
영숙이는 새벽이가 자신을 부르는 마음을 들었어요.
"영숙이를 깨워야 해. 영숙아, 일어나! 넌 할 수 있어!"
새벽이는 영숙이의 온 몸을 흔들며 영숙이를 깨웠어요.
그동안 새벽이도 영숙이를 만나고 싶었나 봐요.

서로의 마음이 연결되던 날.
짜잔!
바람이 후욱, 불어와 영숙이의 얼굴을 간지럽혔어요.
새벽이는 사랑을 듬뿍 담아 영숙이를 안아 일으켜줬어요.
그렇게 새벽이와 영숙이는 만나게 되었답니다.
어느 날은 새벽이가 다가와 사랑의 기운을 아무리 불어 넣어도
영숙이는 일어나지 못했어요.
'이제 지치고 힘들어. 못하겠어.'
몸이 마음대로 움직여지지 않기도 했었지요.
'오늘은 그냥 쉴래. 만나고 싶지 않아.'

스르르 눈을 감고 잠들어 버린 날도 있었지만
새벽이는 영숙이를 포기하지 않았어요.

그리고 영숙이는….
지난 12월부터 시작한 100일 아침명상을 마쳤어요.
이제 새벽이는 영숙이와의 데이트가 너무 행복하답니다.
3월부터는 624(6시를 2번 만나는 4람들) 새벽 독서모임과
글쓰기 새벽놀이터에 푹 빠졌답니다.
여러 사람이 모여 세상사는 이야기를 나누고 글로 쓰는 것이
너무 재밌거든요.
지금 영숙이는 624 새벽 독서모임과 함께 책을 읽고 있어요.
새벽이와 신선한 새벽 데이트를 하며
더 건강해지고 밝은 에너지를 얻었지요.
앞으로도 영숙이는 새벽이와 쭈욱 데이트를 할 거랍니다.

아참!
그리고 새벽이 덕분에 영숙이는 글 쓰는 작가가 되었답니다.

김태은

# 글쓰기의 친구

가만히 있어도 땀이 나는 여름,

태은이는 문학시간에 글을 쓰고 있었어요.

문학 선생님께서 태은이 옆으로 오셨어요.

“니 지금 수업 시간에 무얼 하고 있노?”하시며

노트에 적힌 글을 보셨어요.

“태은아, 수업 끝나고 교무실로 오거라.”

‘선생님께 혼나면 어떡하지? 나중에 쓸 걸.’

태은이는 후회했어요.

그리고 수업이 끝나고 무거운 마음으로 교무실로 갔어요.

“수업 시간에 집중 안하고 글을 쓴 것은 혼나야 하지만

이번 한 번만 봐줄끼다.

 대신 이번 학교 축제 때,
 니 글을 전시할 테니 준비해 보거라."
선생님이 말씀하셨어요.
태은이는 떨리고 설레는 마음으로 친구들에게
도와달라고 부탁했어요.
그림 잘 그리는 친구 K양은 글의 분위기에 어울리도록
풍경을 그려주었고,
글씨를 잘 쓰는 J양은 시화의 완성도를 높여 주었어요.
그리고 태은이의 글은 가운데 자리에 전시되었답니다.

무사히 축제가 끝난 후 문학 선생님께서 태은이를 부르셨어요.
"정말 고생했다.
 어른 되면 꼭 글 쓰는 작가가 돼서 선생님을 찾아."
선생님은 격려의 말씀과 함께 한 권의 책을 선물해 주셨어요.
이후로도 태은이는 선생님의 따스함을 마음에 품고
계속 글을 썼어요.
그리고 태은이는
글쓰기의 평생 친구로 작가가 되었답니다.

선생님!
건강하게 잘 지내고 계시는지요?
저, 태은이에요.

선생님 덕분에 글 쓰는 작가가 되었어요.

선생님께 감사한 마음,

이번 글을 통해 꼭 남기고 싶었습니다.

저도 선생님처럼,

누군가의 꿈을 격려해 주고

공감해주는 작가가 되겠습니다.

선생님, 감사합니다.

박보배

# 내 몸과 마음을 아낄 수 있는 방법

급하지는 않지만 중요한 일.

그건 근육을 단련시키는 운동이 아닐까요?

운동 좋아하세요?

저는 아니었어요.

조금만 힘들거나 지루해지면 바로 멈춰버리는 저를 보았어요.

뉴비트 바이크를 집안에 들여놓고 몇 달 간 구경만 했어요.

한두 번 시도해보았지만 영 재미를 느끼지 못했지요.

어느 날, 팀으로 바이크를 타야할 일이 생겼어요.

내가 하루라도 빠지면 팀에 점수가 깎이는 일이었지요.

2022년 11월,

밖에서 운동하는 건 더욱 싫은 추운 계절이 다가왔어요.

매일 열심히 바이크를 탔어요.

13.7km 괌 세티베이 전망대 코스를 선택해서

40분가량 타고나면

한겨울인데도 온몸이 땀범벅이 되지요.

겨울에 흘리는 땀,

생각을 해보았죠.

'지금 땀을 흘리지 않으면 나중에 눈물을 흘릴 수 있다.'는

말도 떠올랐어요.

바이크를 탄지 1년 3개월이 지났을 무렵이었어요.

2024년 1월,

눈 오는 산을 갔다가 눈길에 손쓸 틈 없이

와지끈! 쿵! 엉덩방아를 찧었어요.

가산산성을 한참을 올라간 후였기 때문에

혹시 몸 어디가 부러지거나 깨지기라도 한다면

보통 난감한 일이 아니었지요.

별일 아니기를,

아무 일도 아니기를,

그냥 툭툭 털고 일어서서 걸어가면 되는 일이기를 빌면서

발가락 끝부터 살살 움직여보았어요.

괜찮았어요.
일어서서 한발 내디뎌 보았어요.
아무런 문제가 없었지요.
감사합니다, 감사합니다.
감사를 되뇌며 하산길을 걸었습니다.

1년 반 가까이 바이크를 타면서
등과 허리의 기립근, 허벅지 근육들, 엉덩이 근육들이
단단해진 효과를 느꼈어요.
근테크(근육 재테크)가 이렇게 고마울 수가 없었어요.

중요한 건 미리 좀 해두자!
처음엔 싫지만 끝이 좋은 것,
운동이 아닐까요?
내 몸과 마음을 아낄 수 있는 방법,
근테크입니다.
건강한 몸에 건강한 마음이 깃들지요.
삶의 신비로운 경험들을 하기 위해서 챙겨야할 1순위,
건강이라고 생각해요.

지금 여러분의 건강, 어떠세요?
지금 여러분, 운동 어떠세요?

박서희

# 내 삶을 아름답게 이끌어준

2023년 9월의 어느 날,

깨진 보도블럭 계단에 걸려 넘어져 부서진 무릎 수술을 받고

병원에 입원 중이었던 어느 날,

문득 너는 나에게 찾아왔었지.

그때부터였던 거 같아.

매일의 삶 가운데서 너와 마주하면서

아무것도 할 수 없었던 나는

조금씩 변하게 시작했어.

너는 매일 나에게 아름다운 삶을 선물했지.

'살아있다는 자체의 소중함.'

'평범한 일상이 주는 많은 것들.'

'아무것도 할 수 없어도 나는 존귀한 존재라는 깨달음.'

'눈부신 햇살의 아름다움.'

'걸을 수 있는 다리의 감사함.'

'사랑하고 사랑받는 것들에 대한 특별함.'

'힘든 시간 믿고 기다려주신 분들에 대한 든든한 신뢰감'

'함께 하는 사람들의 존재감.'

'사소한 일상들이 주는 행복감.'

'가족의 소중함.'

'삶의 소중한 것들을 바라보는 시선.'

'하나님은 항상 최고의 것을 주신다는 깨달음'

'힘든 상황에서 알아 본 사랑의 진정함.'

너와 매일 만나는 시간들이 쌓여서

200일을 훌쩍 지나고 있어.

이제 너와 함께 하는 순간들이

자연스러운 일상이 되고

삶의 곳곳에서 너를 찾고 만날 수 있단다.

너를 만나기 전과 후,

내 삶은 많이 변했어.

아름다운 시선으로 삶을 보기 시작했고
가진 것을 누리게 되었고
가까운 곳에서 행복을 찾을 수 있게 되었고
희망과 기쁨이라는 단어를 자주 떠올리게 되었고
사랑으로 가득 찬 하루하루를 만날 수 있게 되었지.

그리고 무엇보다 기쁜 일은 힘든 병원재활치료 가운데
한결같은 마음으로 옆에 있어 준
나의 인생의 소울메이트와 함께
그토록 간절하게 바라고 꿈꾸었던
예쁜 가정을 꾸릴수 있게 된거야

이전보다 더 깊고 단단한 사랑을 전해주는
나의 소울메이트 서현창~!
하나님이 주신 최고의 선물을 통해서

매일 나를,
내 삶을,
더 많이 사랑하게 되었어.

무엇보다 '감사'를 가르쳐주신 마인드 파워 조성희 대표님과
내 삶의 모든 순간을

사랑으로 이끌어주신 하나님 아버지께

진심으로 감사드리고

매순간 소중한 것들에 눈뜨게 해주고

하루 하루를 아름답게 이끌어주고 있는

감사 일기야,

고마워.

사랑해.

사랑하는 소울 메이트 현창 씨(오른쪽), 이요셉 작가님(가운데)과 결혼예비학교에서

박현하

# 인생은 마라톤이다

● 한강 국제 마라톤 대회 10킬로를 완주한 나와 마주하다 ●

10킬로가 웬 말?

처음 함께 뛰자고 했을 때는 아무 생각 없이 알겠다고 했다.

시간이 흘러 그날이 가까워지자

조금씩 두려워지기 시작했다.

할 수 있을까?

포기하면 어떡하지?

일단 뛰고 힘들면 중간에 포기하지 뭐!

수많은 생각이 교차하는 가운데

드디어 그날이 왔다.

셋이서 나란히 출발선에 서서 얘기를 했다.

일단 뛰어보자!

완주는 해보자!

출발 신호와 동시에 얼떨결에
따라서 뛰기 시작했다.
한 발 한 발 무거웠다.
그래도 뛰었다.

뛰면서 많은 생각이 스쳐 지나갔다.
너무 힘들 때는 아무런 생각도 나지 않았다.

앞만 보고 그냥 뛰었다.

그들과의 약속.
그리고 나와의 약속.
완주는 해보자는 약속.

함께여서 가능할 것 같았다.
나만 포기할 수 없었다.
내가 보고 있으니 더욱 더 포기할 수 없었다.

힘겹게 발걸음을 옮기니 뛰어지더라.
그렇게 계속 해나갔다.

어느덧 결승선에 도착한 나와 너
참 잘 해냈다.

인생은 마라톤과 같다는 말 이제야 알 것 같다.
인생에서 두려움은 늘 함께한다.
하지만 그 두려움 뒤엔
희열이 따라오게 되어 있다.

달콤함을 맛보기 위해
여러 가지 맛을 봐야 한다.
그래야 달콤함이 더 달게 느껴진다.

오늘도 나는 달린다.
두려움 뒤에
나타날 그 무언가를 위해.

서혜주

# 감사의 바다

어느 날, 순백의 감사 일기가 내 마음의 문을 두드렸어요.

나도 모르는 내 마음 속에서

자기를 알아달라는 목소리가 들린 날이었지요.

느끼고는 있었지만 제대로 표현하지 않았던 내가 야속해

자신을 세상에 드러내 달라고 이야기하고 싶었던가 봐요.

사실 감사 일기가 나에게 찾아온 게 이번이 처음은 아니에요.

오래 전에도 다른 천사의 안내를 받아 찾아왔지만

그때뿐으로 곧 멈추었어요.

그 차이가 무얼까 곰곰이 생각해 보았어요.

이번 감사 일기는 나 혼자만 적고 간직하는 모습이 아니랍니다.
많은 사람이 보고 읽는 인터넷 공간에
매일 오전 날짜와 횟수를 함께 올리는 감사 일기가
어느덧 70일을 넘어가고 있네요.
무엇보다 가장 크고 근본적인 차이는
하나님을 만난 후여서 그런지
하나님이 내 마음을 이끄신다는 느낌이에요.
눈을 뜨고 감는 하루의 시간 중
구체적으로 감사한 일 5가지를 뽑아내지만
삶 전체를 관통하여 흐르는 느낌은
무한하고 어찌할 바를 모르겠는 감사의 바다란 사실 말이에요.

감사 일기를 쓰면 쓸수록
내 마음이, 생각이, 의식이 점점 더 커지고
표현도 다양해짐을 느낀답니다.
눈동자처럼 지켜주시는 하나님과 약속한 사람들 덕분에라도
이번 감사 일기는 끝 모르고 달려갈 것 같아요.
나의 감사 일기는 생각을 하고 글을 쓰는 한, 삶이 이어지는 한,
계속될 거랍니다.

손경민

# 나도 살리고 다른 사람의 삶도 빛내는

어느 날 '루틴'이라는 친구가 생각이 났어요.
그 아이는 나와 정말 친하게 지냈지만,
왠지 그 아이와 함께 할 때면 답답하고 수동적인 느낌이 들어
거리를 두었던 친구예요.
제일 힘들었던 건,
나도 모르게 그 친구에게 집착하고 있는 내 모습이었지요.

그러다 문득,
내 마음대로 되는 것이 하나도 없다는 사실을 알고 난 이후
그 친구를 찾아야겠다고 생각했어요.
하지만 예전처럼 이 친구를 너무 가까이하면

어느 순간 상처를 받지 않을까 염려되었어요.
여유를 두고 이 친구와 다시 연락을 하고 싶었어요.

그래서 시작한 것이 15분 스트레칭이었어요.
'자기 전 핸드폰을 내려놓고 내 몸에 집중해 보자!' 다짐했어요.
석 달 동안은 너무 힘들고 귀찮아 포기하고 싶었어요.
하지만 처음 시작하는 것은 늘 어렵다는 걸 알고 있는 나는
넘어가보자 생각했어요.

이 작은 루틴을 지키는 것이
나를 지키는 일이 될 수도 있다는 마음으로 하루하루 하다 보니
몸과 마음의 변화가 조금씩 보이기 시작했어요.
내친 김에 근력운동도 같이 했어요.
단단해지는 몸과 함께 결심하면 해낼 수 있다는 자신감이
조금씩 스며들기 시작했어요.

어느새 5년이 넘는 시간동안 매일,
아침저녁 30분 정도 내 몸에 투자하고 있는 나를 발견해요.
체력과 건강에 자신이 없던 나는
'마음먹으면 해내는 나!'라는 훌륭한 생각을 가지게 되었어요.
물론 일이 많을 땐 정신을 못 차리지만
나를 살리는 루틴은 멈추지 않으려고 해요.

오롯이 내 몸을 돌볼 수 있는 시간은
24시간 중 이 시간뿐이더라고요.
그리고 이렇게 오랜 시간 함께 하다 보니
즐기고 있는 나를 발견했어요.
사람들을 만나거나 약속을 잡아 이동하는 것에
부담이 있는 나에게 참 좋은 루틴이에요.
조용하게 머물 수 있는 공간만 있으면 언제든 가능하니까요!

글쓰기, 공부, 명상 등
루틴이라는 친구와 좀 더 친해져 볼까 해요.
서두르지 않고 조금씩 하다보면
내 삶을 함께 걸어줄 좋은 친구들이 생기리라 믿어요!
그리고 집착하지 않는 여유로운 마음도 챙겨 보려고요.
나도 살리고 다른 사람의 삶도 빛내는
멋진 강사로 거듭나 볼게요!

유명순

# 나의 갈 길 다 가도록

"나의 갈 길 다 가도록."

피아노 선율이 방안을 가득 메우며 창밖으로 흘러가고 있었어요.

피아노 연주로 하나님을 찬양하고 싶어서 공부를 시작했어요.

하얀 건반, 검정 건반들이 나의 손끝을 기다리고 있었어요.

"거기는 조금만 누르고 이제는 나에게 와 줄래요?"

건반들이 놀아달라고 나를 부르는 것 같았어요.

바쁘게 나의 손끝이 다녀가면 불협화음을 내기도 했었어요.

그래도 검은 건반 36개, 흰 건반 52개 모두

아무런 불평 없이 나를 또 기다려 주었어요.

성대 수술 후 말을 못하게 되었을 때가 있었어요.
피아노를 치며 하나님의 위안이 받았어요.
피아노를 다시 배우고 싶은 생각이 들었지만
15년간 쉬었다가 다시 배우려니 모든 것이 쉽지는 않았어요.

학원에서는 집에서 300번 연습하는 것이 더 좋겠다고
거절하셨어요.
하지만 피아노를 배우고 싶은 마음을 버릴 수 없었어요.
집에서 거리가 있었지만 옆 동네 피아노 교습소 문을
두드렸어요.
"선생님의 지도가 필요하니 저를 받아주셔요."
"혼자서는 멀리 갈 수 없으니 배우고 싶어요."
선생님은 흔쾌히 받아주셨어요.
온 정성을 다하여 가르쳐 주셨고 인내하며 기다려 주셨어요.

다시 피아노를 배우기 시작한 지 불과 2달 후,
갑자기 취직이 되었어요.
'피아노를 그만둘까?'라는 생각이 앞지르고 있었어요.
선생님께서는 제안을 해 주셨지요.
"그러면 일주일에 한 번 오는 것으로 해 보고,
그래도 안 되면 그때 다시 생각해 봐요."
새로운 직종의 일이라서 적응하기가 어려웠는데

피아노까지 공부하니 몸과 마음이 힘이 들었어요.

'중단하는 자는 성공하지 못하며 성공하는 자는
중단하지 않는다.'라는 말씀이 생각났어요.
피아노를 꾸준히 하기로 기도하며
계속 개인지도를 받고 있었어요.
어느 때는 연습할 시간이 없어 10분도 못 하고
어느 날은 늦은 밤이 되어 못 했어요.
그래도 꾸준히 배우면서
피아노의 선율로 하나님을 찬양하고 있었어요.

지금의 유명순은 오른손 2음계와 왼손 코드로
피아노 음을 누르는데 좋은 터치로 하고 있어요.
피아노 선율은 사람의 마음과 함께 춤을 추고 있지요.

"슬픈 마음 있는 자,
그 누구든지 부르시오.
예수 이름 부르시오."

피아노를 연주할 때마다 나의 마음이 치료받는 느낌을 받았어요.
'꽃들도 구름도 찬양하라.' 가사와 함께
복음 전하는 선교자로 쓰임 받고 있어요.

앞으로 노년에는 피아노 연주로 하나님을 찬양하고

힘든 자에게 위로와 평안을 줄 수 있는

하나님이 쓰시는 선한 도구가 되리라 믿어요.

하나님의 선한 도구로 쓰임 받을 생각에 감사가 넘치고 있어요.

미소와 함께

감사와 함께

찬양을 드려요.

윤도연

# 또 하나의 꽃을 피우기 위해

푸른 하늘 아래
사랑 넘치는 부모님 품에 안겨
꿈과 희망 가득한 어린 시절을 보냈어요.

원하는 길을 걷고,
행복만 가득할 줄 알았지만
제 앞에 연이어 닥쳐온 커다란 시련들이 있었죠.

몸이 너무 아프고, 세상은 무너지는 듯했지만
저는 포기하지 않았어요.
희망을 품고 일어섰지요.

어둠 속에서 하나의 불빛을 만났습니다.
따뜻한 손길, 위로의 말씀,
기도와 눈물로 썼던 나의 소중한 일기들.
그리고 새로운 시작이 펼쳐졌어요.

낯선 길,
다른 세상,
예상치 못한 만남에
수없이 부딪히고 쓰러지면서도,
사랑하는 내 아이를 위해 멈출 수 없었어요.

작은 씨앗 하나, 희망을 담아 심었어요.
험난한 바람 속에서도, 꽃을 향해 피어나갔답니다.

어쩔 수 없이 제게 펼쳐졌던 세일즈라는 무대,
낯설고 어려웠지만
사랑하는 내 아이를 위한 용기, 끝없는 도전을 선택했어요.
발이 아파 조금도 걸을 수 없을 때에도
“괜찮아, 할 수 있어.
난 우리 아이가 있으니까.
뭐든 해낼 수 있지!”
다짐하고 또 다짐했어요.

꿈을 향해 한 걸음, 또 한 걸음, 멈추지 않고 나아가
눈물과 땀으로 빛나는 꽃봉오리가 피어났어요.
핑크빛 꿈이 현실이 되어
마침내 제 손에 잡히는 순간!
감격과 기쁨의 눈물,
벅차오르는 감동을 지금도 생생하게 기억하고 있어요.

세상은 저를 외면했지만, 저는 포기하지 않았어요.
지금 이 순간, 저는 세상 아름다운 꽃을 피웠네요.

아름다운 꽃잎,
향기 가득한 꽃,
힘든 세월 속에서 피어난 나의 꽃.

앞으로 펼쳐질 미래,
희망으로 가득 채워질 멋진 앞날을 위해
다시 한 번 꿈을 안고 날아오르려 해요.

세상에 둘도 없는 내 보물!
내 아이를 위해,
나 자신을 위해,
더 큰 꽃을 피워나갈 거예요.

윤지희

# 대청소

"나 힘들어."

내 몸이 나에게 말했어요.

61년 동안 먹고 마신 것들 중

남은 것들의 신음소리가 들렸어요.

더 이상 버티기 힘든가 봐요.

"미안해. 내가 참 바보였어."

몸의 신호들을 알아차리지 못했어요.

괜찮을 거라며 넘어가 버렸어요.

다람쥐 쳇바퀴 돌듯이

좋지 않은 습관 그대로 행동하는 동안

내 몸아, 얼마나 괴로웠니?

똑똑.

수호천사의 두드림 덕분에

몸 안 대청소를 해야겠다고 마음 먹었답니다.

대청소를 하고 지낸지 4개월이 되었어요.

이제 마무리 청소를 하고 있어요.

처음엔 조금 아프던 곳이 더 아프기도 했지요.

그만해야 하나 갈등도 되었지만

견디고 잘 이겨내었어요.

이제는 말이에요.

세상이 다르게 보인답니다.

참 잘했다고,

저를 토닥거려 주고 싶어요.

나의 수호천사님께 감사드려요.

마음과 몸이

고통이와 쭈글이가 될 뻔 했어요.

이제 나쁜 습관은 멀리 멀리 보내버려야 겠어요.

대청소를 마무리하면서

좋은 습관을 위해 행복이를 친구로 사귀게 되었어요.

하고 싶었던 일들도 새롭게 준비하고 있어요.

오래도록 예쁘고 씩씩하게,

아름다운 인생그림 완성해 가고 싶어요.

참 잘했어요.

이송희

# 댄스강사 송희

매일 똑같이 반복되는 일상을

웃음 가득한 날로 살아가는 '자격증'이 있었어요.

자격증은 하고 싶은 것도 많고 알고 싶은 것도 많은

호기심쟁이랍니다.

어느 날이었어요.

똑똑!

노크소리가 들려왔어요.

호기심쟁이 자격증은 얼른 문을 열었지요.

문을 열었더니 잔뜩 웅크리고 앉아있는 송희가 보였어요.

"어머! 송희야. 왜 이렇게 힘이 없어 보여? 무슨 일이야?"

"하고 싶은 일이 생겼는데, 겁쟁이라 시작이 두렵고 망설여져."

송희는 자격증에게 고민을 털어놓았어요.
'송희가 마음이 복잡하구나.'
송희의 고민을 들은 자격증은 송희가 고민해결을 하는 과정에
든든한 조력자로 함께하기로 마음먹었어요.

자신감을 얻은 송희는,
무엇을 어떻게 시작할지부터 차근히 의논하며
새로운 일상을 맞이했어요.
검색을 통해 적합한 협회도 찾고, 면접과 테스트도 받았어요.
합격으로 기쁜 마음과 함께 교육을 위해 수강등록도 했어요.
매일 1시간 이상의 연습과
토요일 일요일마다 하루 5시간씩 교육을 받고,
시험을 준비하기까지 한 달이라는 시간이 흘렀어요.
원하는 것을 할 수 있다는 생각에 마음이 부풀었지만,
한 달이라는 시간은 송희에겐 너무 벅찬 나날이기도 했어요.
정신적 육체적으로 많이 지쳐 있었어요.
'시험에 떨어지진 않을까?' 하는 불안한 마음마저 생기고,
무수한 걱정이 앞섰지요.
그럴 때마다
'아니야. 난 할 수 있어!
걱정만 하고 포기하면 난 앞으로 무엇도 할 수 없을 거야.
이겨낼 수 있어.

난 나를 믿어!' 하고 자신을 다독였어요.

시험 날 당일.
긴장감에 입안이 바짝 마르고 몸이 떨렸지만
그동안의 노력으로 만들어진 실력을 선보이며
합격소식까지 전해 들었답니다.

지금의 송희는 당당히 자격증과 함께하며
한 달에 한번 있는 협회 워크샵에서 작품을 배우고,
평일에는 운동을 하며 작품을 연습하고
강사로서 수업할 준비를 하고 있어요.
'포기하지 않고 끝까지 해낸 내가 대견해.'
머지않아 신나게 뛰고 웃으면서 수업하고 있을
멋진 댄스강사 송희의 모습이 그려지네요.

이순자

# 오래오래 행복하게

똑똑.

누군가 문을 두드렸어요.

"독서구나. 어서와."

"우리 같이 놀래?"

"응, 그래. 나도 심심했었어. 같이 놀자." 독서가 놀러 온 날부터 마음속에 기쁨이와 설렘도 함께 살게 되었어요. 출근하기 1시간 전과 퇴근 후 1시간을 독서와 만나기로 마음과 약속했지요. 어느 새 책 읽는 속도가 빨라져 한 달에 몇 권씩 책을 읽게 되었어요. 독서는 내 마음을 콩닥콩닥 두근거리게 해 주었어요. 얼굴에는 웃음꽃도 피어났어요.

어느 날 독서는 글쓰기 친구를 데리고 왔어요. 글쓰기와는 친하지 않았지만, 가까이 지내고 싶다는 호기심이 생겼어요. 독서와 함께 매일 일기쓰기를 시작하였어요. 한바닥의 분량을 채우려고 노력했어요. 처음에는 익숙하지 않아서 어려웠어요. '글쓰기를 그만둘까?'라는 생각을 하다가도 '아니야, 끝까지 해보자!' 다시금 용기를 내었어요.

3개월이 지났어요. 이제 독서와 글쓰기는 친한 친구가 되어 있답니다. 하루하루가 더 아름다워졌어요. 글쓰기도 독서만큼이나 즐겁고 재미있어요.

예전에는 없었던 보물이 생겼답니다. 긍정적인 마음으로 하루를 시작하게 되었고, 시간의 소중함을 알아가게 되었어요. 무심코 지나갔던 일들이 특별한 일이 되기도 하고요. 일기쓰기는 나의 하루를 특별하게 만들어 주었어요.

글을 읽고 쓰는 것에 사랑의 마음이 점점 더 커지고 있어요. 시간이 조금 남게 되면 새로운 책을 찾게 되기도 했어요. 독서와 글쓰기 루틴이 생긴 걸까요? 이렇게 저의 독서와 글쓰기는 사랑으로 영글어 가고 있어요.

"독서야, 안녕?"

"오늘도 만나서 반가워."

"글쓰기야, 안녕?"

"너와 함께 있으면 기분이 좋아진단다."

"고마워."

저는 16명의 교직원들과 함께 생활하며 어린이집을 운영하고 있어요. 독서와 글쓰기는 어린이집 교직원과도 같이 해 보고 싶습니다. 독서와 글쓰기를 계속한다면 10년 뒤 몇 권의 저서를 낼 수 있을까요?

독서와 글쓰기로 다른 사람들에게 선한 영향력을 끼치며, 도움을 주는 사람이 되고 싶습니다. 독서, 글쓰기와 함께 오래오래 행복하게 잘 지내겠습니다.

이정숙

# 정숙이와 정리

추운 어느 날,
'정리'라는 아이가 나타났어요.
"정숙이를 도와주자!"
'정리'는 신나는 목소리로 외쳤어요.
신께서 정숙이를 위해
'정리'를 보내 주고자 계획하고 계셨나 봐요.
농부의 딸로 태어나서 부모님 일을 돕느라
정리정돈하는 법을 배우지 못한 정숙이를 보며
안타까워하셨거든요.

남산성당에서 5주 코스의 정리수업 프로그램이

처음이자 마지막으로 만들어졌어요.
그 수업에서 얻게 된 문장은
'우리의 소원은 통일, 끼리끼리 정돈.'이라는 문장이었어요.
같은 종류는 같은 곳에 모아 정리하는 것으로 알고
정숙이는 조금 실천해 보았지요.
하지만 물건들은 다시 여기저기 흩어졌어요.
정리수업 이후,
정리 정돈에 관한 책과 영상을 자주 보며 공부하기도 했지만
신께서 주신 선물을 습관으로 만드는 것이
쉽지만은 않았어요.

정숙이는 오늘 글을 쓰며 다짐하게 되었어요.
'다시 시작해 보자!'라는 생각이 강하게 올라왔어요.
하루 15분 이상 정리하는 시간을 가지겠다는 계획도 세웠답니다.
우선 3일 성공을 시작으로,
7일 성공, 21일 성공, 50일 성공, 100일 성공까지,
번호를 매길 거예요.
신께서 선물해 주신 '정리수업'을 잘 실행해 보려고 해요.

하지만 식탁에 흩어져 있는 책들에게
핑계 같은 말을 건네기도 하였답니다.
"책의 의무는 읽히는데 있는 거지,

책장 안에 정리되는 것이 의무는 아닌 거죠?"라고 말이에요.
이제 정숙이는 이런 말을 하게 될 때마다
괜찮지 않은 사인으로 생각했어요.

100일까지 정리 정돈을 이루어낸 정숙이가 된다면
우리 집이 어떻게 될까요?
정리된 주방과 옷장, 식탁이 척척척!
사이좋게 잘 놀 것 같아요.
정돈된 공간으로 돈과 건강과 행복이
술술술 들어오는 모습을 상상합니다.

정숙이는 알람을 설정하여 하루 15분 이상,
매일 정리정돈을 실행하면서
100일을 채우게 된 자신의 모습을 상상해 보았어요.

건강한 부자가 되어가는 정숙이로 거듭나는 1일,
오늘 이 시간에 감사합니다.

이현자

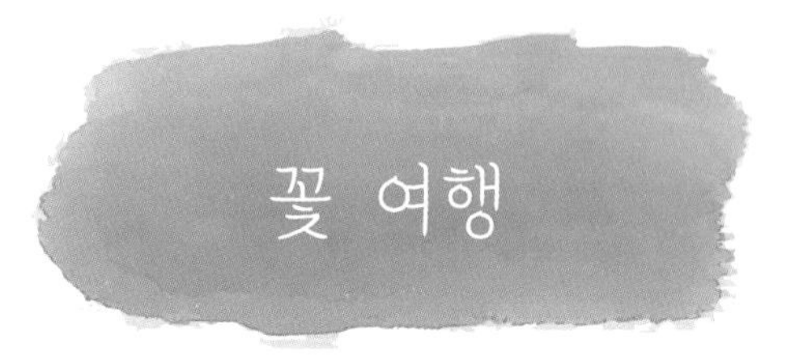

# 꽃 여행

"넌 소질이 없나 봐."

우르릉 쾅쾅!

강단꽃꽃이는 요란한 번개소리를 내며

마음과 충돌했어요.

"아니야. 다시 도전해 보는 거야! 멋지게 도전해 보는 거야!"

어릴 적 각양각색 천 조각으로

상상의 형상을 만들어서 놀았던 기억이 났어요.

강단꽃꽃이도 놀이처럼 해 보기로 했어요.

그리고 큰 용기가 생겼어요.

친구의 도움이 컸답니다.
강의할 수 있도록 자리를 만들어준 친구 덕분이에요.
“견디면 좋은 결과를 만들 수 있구나.”
아름다운 깨달음도 얻을 수 있었지요.

인생을 같이 보내게 될 노년의 사람들과
힐링 꽃 수업을 한다는 것.
상상만 해도 양탄자를 타고 하늘을 날아가는
멋진 여행 같아요.

전복선

# 아침명상과 도란도란 이야기 주고받으며

어느 날 아침,
자욱하게 안개 낀 나의 영혼에게
'아침명상' 친구가 똑똑 노크해 왔어요.
"나 잘하고 싶어."
복선이가 아침명상에게 고백했어요.
"그렇구나. 복선아! 내가 너의 무의식을 움직이는 열쇠를 선물해 줄게."

아침명상은 잠들어 있던 복선이의 내면아이를 깨워서
어디든지 갈 수 있음을 알려 주었어요.
함께 생각하고, 꿈꾸고, 현재를 걸어서

아침명상의 두 손을 잡고 날개를 달아
점점 더 높이 올라갔지요.

아침명상은 100일간 복선이의 마음을 평온으로 다독여 주고
설렘으로 꿈을 향해 나아가도록 도와주었어요.
아침명상은
지구를 아끼고
타인을 아끼고
나를 아끼는 시간을 선물해 주기도 했지요.

지금 복선이는 나만의 틀에서 벗어나
너와 우리라는 한계 없는 세계를 넘나들고 있어요.
그뿐만이 아니랍니다.
만나는 이들에게 희망과 사랑을 전하는
인생 멘토가 되었어요.

역시 아침명상은 탁월한 선택이었네요.
매일 아침명상과 도란도란 이야기 주고받으며
10년 뒤, 함께하고 있는 친구들은
나처럼 자유로운 삶을 누리고 있을 거예요.
만나는 모두가 빛과 사랑이 흘러넘치고
행복이 흘러넘치게 될 거예요.

전숙향

# 익어 가고 있을 거야

어느 날 나에게 '큐티'가 말했어.

"넌, 말씀이 부족해."

"아냐, 난 기도가 더 부족해."

"나와 친해져야 네 신앙이 성숙된단 말이야."

어느 순간 너는 나에게 없어선 안 될 소중한 존재처럼

바짝 다가왔지.

그런 너를 귀찮고 시간이 없다는 이유로 돌려보낸 적이

한두 번이 아니었단다.

하지만 끈질기게 너는 나를 찾아왔었지.

매일 아침마다 말이야.

"잠 자고 일어나 물을 마시듯 네 몸의 습관처럼 해야 하는 거야."
"의무감 때문에 하는 의미 없는 큐티는 싫다니까."
네가 오는 이유가 반드시 있는데도 나는 멀리 도망가기도 했어.

그때 기도가 말했지.
"난 수시로 하는데 넌 하루 한 번만 하는 거잖아.
그러니까 넌 내 아우야."
그때 조용히 앉아 있던 성경이 말을 했어.
"너희들이 아무리 잘난 척해도 다 내 품 안에 있어.
나를 빼고는 너희들끼리 할 수 있는 것이 하나도 없단 말이야."
큐티가 웃으며 답했단다.
"나를 하면 너희들은 자연히 따라오는 거야.
너무 힘들어하지 말고 나와 친해지면 돼."

그들끼리 엎치락뒤치락하는 모습을 볼 때마다,
'아, 내가 점점 성화되고 있는 것이 맞을까?'란 생각도 했단다.
하지만 하나의 실타래로 묶여 있는 너희들이
서로 깊이 사랑할 때 진정한 너의 모습이
내 삶 속에서도 꽃 피게 되리라 믿어.
그러면 나는 아름다운 신앙인으로 익어 가고 있을 거야.
그래서 너희들의 대화를 소중하게 여길 수 있는 거겠지?

조준영

# 요즘 난 말야

몸도 마음도 지친 요즘.

바쁘게 흘러가는 '하루'라는 시간 속,

나는 어떤 가치를 붙잡았어?

오직 앞만 보고 달려간다고

좋아하던 독서와 글쓰기도 뒷전으로 밀려난 요즘이지.

바쁜 시간들이 다시금 지나가면 '나'를 찾을 수 있겠지만,

성장에 갈망하던 예전의 내 모습을 잃어버릴까봐

걱정이 되기도 해.

나이 많은 두더지들의 탐심과 욕망을 닮아가긴 싫지만

가끔 그 모습에 내가 보이기도 해.

요즘 난 말야,

너무 많은 것을 채우려 해서

오히려 삶의 우선순위를 잃은 느낌이야.

단조로움을 원하면서도,

내 머릿속은 미로처럼 꼬여 있는 것 같아.

이런 준영이에게 5년 뒤 준영이가 괜찮다고,

네가 고민하던 순간들은

더 나은 사람이 되기 위한 과정이었다고 말해주고 싶어.

그렇게 믿어.

최경순

# 새벽 공기와 친구가 되고 난 후

어느 날 '새벽 공기'가 나에게 찾아와 말했어요.
"경순아, 나랑 같이 놀래?"
"어디서 말이야? 모두 다 자고 있는데?"
나는 궁금했어요.
"괜찮아. 나랑 조용히 놀면 돼."
"그래그래. 알았어. 조금만 기다려줄래? 나 준비하고 나갈게."

"와! 새벽 공기야, 고마워. 네가 나를 살렸구나.
이렇게 귀한 풍경과 시간을 선물로 주는구나.
나 기뻐서 눈물 나는 거 보이지?"

새벽 공기는 또 다른 선물들도 주었어요.
청아한 목소리를 들려주는 새들과
나뭇잎 사이로 솔솔 불어오는 바람소리와
새벽 찬란한 태양빛까지 말이에요.
숲속의 새벽은 그야말로 한편의 오케스트라 같았어요.
정말 감동이죠?

아참! 한 가지 더 있어요.
새벽에 일어나는 것을 선택하고 나서
맨발걷기로 자연스레 이어졌어요.
글을 쓰고 있는 오늘은
맨발걷기를 한지 490일째 되는 날이랍니다.
나를 살리는 새벽 공기 덕분에
감사일기도 쓰게 되고
운동도 하게 되고
글쓰기까지 하게 되었어요.
새벽 공기와 친구가 되고 난 후
나는 폭풍성장 했어요.

힘들 때도 많았어요.
조금 피곤하다고
귀찮은 마음과 이불이

몸을 잡아 당기기도 했지요.

그때마다 생각했어요.

'아니야! 나는 새벽 공기와의 약속을 지켜야 돼.'라고요.

언제나 나에게 찾아오는
새벽 공기에게 감사하며
끈기를 가지고 잘 하고 있는 나에게
박수를 보내 줄래요.

경순아!
새벽 공기와 친구가 된 지 3년 6개월이 되었구나.
덕분에 글쓰기로 책을 8권 쓰고
맨발걷기도 천 일을 향해 나아가고 있지.
앉아서 하는 여행과 서서 하는 독서를 만나게 되어서 정말 기뻐.
명품습관으로 명품 인생 만들어 주어
다시 한 번 감사해.

고마워 새벽 공기야.
고마워 친구야.
사랑해.

최수미

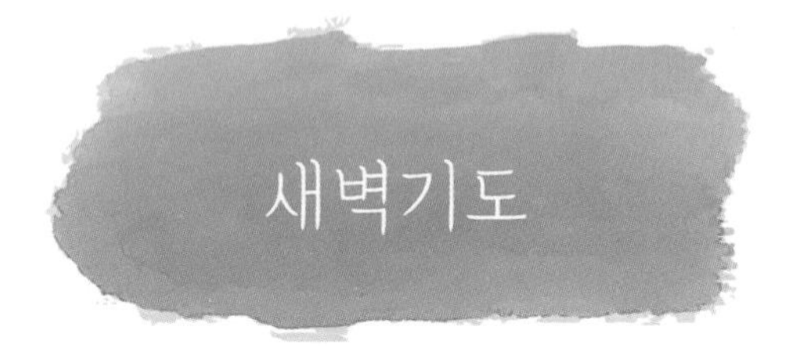

# 새벽기도

길을 걷고 있던 어느 날,

수미는 갑자기 알게 되었어요.

'새벽기도'가 수미를 반기며 기다리고 있다는 것을요.

'그래! 100일 새벽기도를 해 보자!'

너무나 절실했던 수미는 도움이 필요했어요.

100일 새벽기도를 결심하자,

수미의 마음이 처음으로 또렷해짐을 느꼈어요.

그 이후로 수미는 한 달 넘게 하루도 빠짐없이

새벽기도를 하고 있답니다.

처음에는 그저,

100일만 채우자는 생각이었어요.

그런데 하루, 이틀, 삼일….

매일 새벽기도를 하면서 좌절과 슬픔 속에서도

마음이 평화로워지기 시작했어요.

100일이 아닌,

1년을 해도 되겠다는 생각이 들었어요.

수미는 깨달았어요.

'내가 살 길은 기도뿐이고,

내 소원이 이루어지는 길은 믿음의 반석 위에

세워져 가는 기도구나!'라고요.

수미에게 '새벽기도'는 마음의 안식처가 되었어요.

하나님께 온전히 맡겨 드리지 못하고

자신의 힘으로 난관을 부딪치며

극복할 수 있으리라 생각했던 지난 날,

너무나 속상해하고 두려움에 벌벌 떨었던 지난날이었어요.

이제 수미는 자신의 온 마음을

하나님께 고백하고 있어요.

새벽기도 시간,

자신의 마음을 하나하나 꺼내어

하나님께 보여드리고 있답니다.

하나님의 빛이 수미에게

더 크게 비추어질 거예요.

최정선

# 내가 있어야 할 자리에서

똑! 똑!

어두운 밤, 자고 있는 방문을 두드리며 '기도'가 노크했어요.

'일어나야지.'

기도는 새벽을 깨우는 알람이고, 하루를 시작하게 하는 선물이었어요. 마음이 답답할 때, 소리 지르며 울고 싶을 때 무릎 꿇고 기도하며 매일 하루를 시작했어요. 토닥토닥 어깨를 쓰다듬으며

"정선아! 다 듣고 있어. 그리고 알고 있어. 너니까…."

나에게 일어난 일들이 너무 싫었고 화가 났어요. 기도하며 들은 말에 더는 묻지 않았지요.

기도를 시작하면서 답답함이 가벼워졌고 기도에 집중하면서 내가 느낄 수 없었던 위로를 듣고 느끼게 되었어요. 기도는 하루의 시작

이 되었고, 삶에 커다란 선물이 되었어요.

서른이 넘은 정선이에게 어느 날, 삶에 어두움이 휘몰아쳤어요. 숨고 싶고 죽고 싶은 순간이었어요. 그 순간, 살아야 할 분명한 이유를 느끼게 되면서 숨을 쉬기 위해 밖으로 나왔어요. 그 밤에 찾아간 곳은 교회였어요. 금요일 철야예배가 끝나고 기도 소리가 크게 들렸어요. 나는 예배당 맨 뒤에 앉아서 하염없이 소리 지르며 울다가 어느 순간 기도하기 시작했어요.

기도는 절망에서 희망으로 바꾸어주는 선물이라고 생각해요. 그 때부터 알람이 울리기 전 새벽이면 눈을 뜨고 기도의 자리로 달려가기 시작했어요. 매일, 한 달 두 달, 일 년 이 년, 시간이 지날수록 기도가 주는 선물은 정말 다양했어요. 소소한 작은 선물부터 이렇게 큰 선물을 받아도 될까 싶을 만큼 놀라웠어요. 때론 선물을 받는 데 긴 시간이 걸리기도 했지만 그건 더 값진 선물이었네요.

'아무것도 염려하지 말고 다만 모든 일에 기도와 간구로, 너희 구할 것을 감사함으로 하나님께 아뢰라.' (빌립보서 4장 6절)

기도 덕분에 삶이 편안해졌지요. 어느 날, 새벽에 알람이 울렸는데 '기도를 잠시 쉬어도 될까? 오늘은 조금 더 자면 어떨까?'라는 생각이 들었어요. 그 한 번의 생각으로 기도는 잠정적 방학에 들어

갔어요. 한 해 두 해…. 시간이 지날수록 노크의 소리는 희미해져 갔지요.

2024년 새해의 시작. 그날 새벽, 기도는 노크도 없이 찾아왔어요. 그냥 눈이 떠졌고, 몸은 기도의 자리에 앉아 있었어요. 마음대로 잠정적 방학을 했던 내 모습이 너무 부끄러웠어요. 하염없이 눈물을 흘리고 기도했어요. 그리고 찬양으로 고백했어요.

하나님의 꿈이 나의 비전이 되고
예수님의 성품이 나의 인격이 되고
성령님의 권능이 나의 능력이 되길
원하고 바라고 기도합니다.
아멘.

일 년 뒤, 삼 년 뒤, 오 년 뒤….

내가 있어야 할 자리에서 누군가를 위해 눈물 흘리며 간절히 기도하고 있을 거예요.

그 모습이 하나님께서 원하시는 모습일 테니까요.

한효원

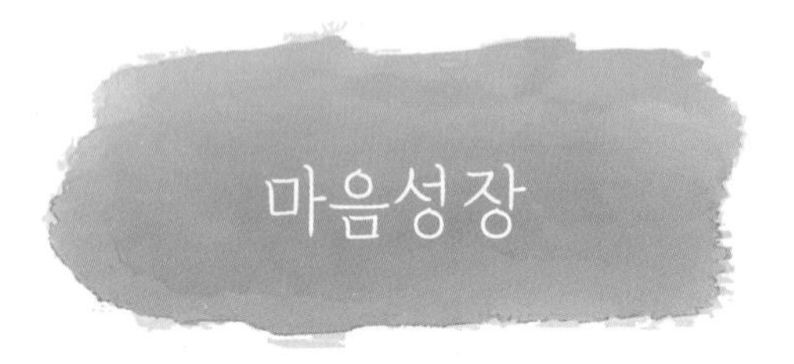


효원이는 생각에 잠겨있었어요.

'초조하고 걱정되고 자꾸만 불안해. 그 이유가 뭘까?'

콕콕콕.

"어?"

발아래를 내려다보니 작은 마음이 있었어요.

"안녕? 나는 마음이야. 너를 꼭 만나고 싶어서 찾아왔어."

갑작스러운 마음의 등장에 놀랐지만 효원이는 내심 반가웠어요.

"반가워 마음아. 나를 찾아와줘서 고마워.
 사실 나도 만나고 싶었어."

효원이와 마음이는 1년 동안 함께 지내며

서로를 가장 잘 알아주는 친구가 되었어요,
마음이에게는 신기한 타임머신이 있었어요.
원하는 곳은 어디든 시간 여행을 할 수 있었답니다.
시간 여행 덕분에 용서와 감사, 용기, 사랑, 행복이까지
다양한 친구들도 만날 수 있었어요.
쉬운 여행은 아니었지만 마음이도 효원이도 성장할 수 있었지요.
둘도 없는 단짝이 되니 마음이도 무럭무럭 자라서
어느새 효원이와 어깨동무를 할 수 있을 만큼 커졌어요.

어느 날 용기 내어 효원이가 말했어요.
"마음아! 우리 어린 시절, 아빠를 만나러 가보자!"
"그래 좋아! 우리 함께 가자."
타임머신은 순식간에 작은 섬마을에 도착했어요.
작은 시골길 어귀에 누나와 함께 서 있는 남자아이를 만났어요.
"안녕? 너희들 여기서 뭐 해?"
"동생이랑 엄마 기다리고 있어."
"넌 이름이 뭐야?"
"난 민자야 한민자. 얘는 내 동생 형섭이야."
누나 손을 잡고 있던 남자아이가 말했어요.
"누나, 나 배고파."
효원이는 주머니에 들어있는 젤리 봉지를 꺼내
형섭이에게 주었어요,

"이거 먹고 힘내서 우리 같이 놀자.
그러면 엄마가 빨리 오실지도 몰라!"
"그래 좋아. 같이 놀자."

마음이와 효원이, 민자와 형섭이는 숨바꼭질도 하고
술래잡기도 하면서
깔깔거리며 웃느라 시간이 가는 줄도 몰랐답니다.
어느새 해가 저물어가고 붉은 노을이 하늘을 물들였어요.

그때였어요.
저 멀리 언덕 위,
머리에 짐을 이고 걸어오는 사람이 보이기 시작했어요!
뛰어놀던 민자가 외쳤어요.
"엄마다! 형섭아, 가자. 효원아 마음아. 잘 가 안녕."
"그래. 민자야 형섭아, 잘 가. 잘 지내!"
효원이는 아쉬운 마음에 손을 힘차게 흔들었어요.

손을 꼭 잡은 두 아이가 엄마를 향해 달려갔어요.
엄마 품에 매달려 웃는 아이들은
세상에서 가장 행복한 미소를 지었답니다.

"마음아 고마워. 정말 고마워."

마음이는 효원이를 아무 말 없이 힘껏 끌어안아 주었답니다.
이제 있는 그대로 자신과 상황을 인정하고 받아들일 수 있는
효원이가 되었어요.
지금의 효원이는 두 아이를 품에 안고
행복한 미소를 짓고 있답니다.
"나는 이 삶을 사랑해!"
마음을 만나고 1년 동안 함께하며 지내온 시간.
감사와 독서, 글쓰기로 20년 후에도 효원이는
행복한 미소를 짓고 있을 거예요.

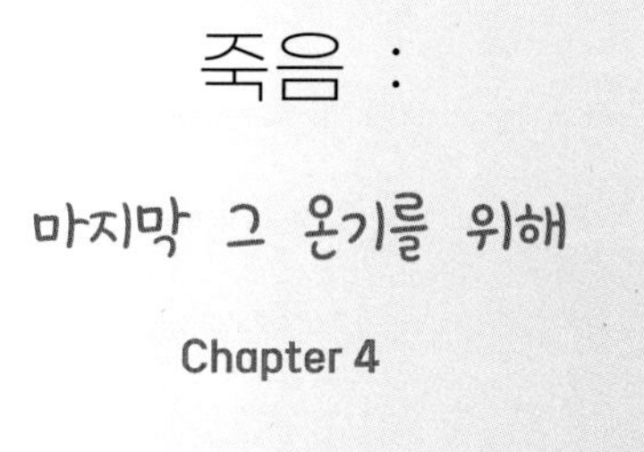
죽음 :
마지막 그 온기를 위해
Chapter 4

생의 마지막에서 간절히 원하는 것들.

인생의 마지막 순간에서.

만일 내가 인생을 다시 산다면.

떠난 후에 남겨진 것들.

죽음의 에티켓.

어떤 죽음이 삶에게 말했다.

1년 뒤 오늘을 마지막 날로 정해두었습니다.

저희 집에 있는 '죽음'과 관련된 책제목들입니다. 여러분은 어떤 제목이 마음에 들어오시나요?

어떤 것을 선택하셨든, 제목들이 주는 무게감은 상당할 겁니다.

미국의 생물학자 윌리엄 프레이가 말했습니다. "눈물을 억지로 참는 것은 천천히 자살하는 행위나 마찬가지다."라고요. 어른도 울 수 있습니다. 아니, 어른도 울어야 합니다. 진지하지만 심각하지는 않게, 우리의 죽음을 생각하며 슬퍼하고 기뻐하고 아쉬워하고 뿌듯해하며 울어 보면 좋겠어요.

인생에는 죽음도 포함되어 있지요. 죽음이 선물이 될 수 있으려면 살아 있는 동안 나의 시간을 잘 사용해야 겠습니다. 나의 시간 안에는 사람, 공간, 생각, 감정, 습관, 가치, 음식, 손가락, 팬티, 밥그릇 등 모든 것이 들어가 있어요.

우리 작가님들은 각자의 시간 속에서, 인생의 마지막 온기를 나누고픈 사람을 떠올려 보았습니다. 그리고 죽음과 온기와 사람을 곁에 앉혀 놓고 글을 썼습니다.

## 나의 꿈

이분녀

어릴 적 나의 꿈은
남의 집 살이 안 하고
배불리 밥 먹는 것이었네.

젊은 때 나의 꿈은
새벽부터 일어나 밭일하며
자식새끼 배불리 밥 먹이고
학교 내 힘으로 보내는 것이었다.

지금의 내 꿈은
삐뚤거리는 글씨로
죽은 남편 묘 위에
'고맙다'는 글 한번 써서
그리운 남편 옆에서
잠드는 것이라네.

80세에 한글을 배운 할머니가 쓰신 글입니다.

우리,

죽음 앞에서 나의 꿈을 이루었다 당당히 말할 수 있도록

죽음 앞에서 나의 마지막 온기를 잘 전해주었다 웃으며 말할 수 있도록

나의 묘가 부끄럽지 않도록

어제보다 조금 더 잘 살아내는 오늘을 만들어 보면 좋겠습니다.

그리고,

마지막 4장의 글이 여러분께 온기가 되어 드리면 좋겠습니다.

강다연

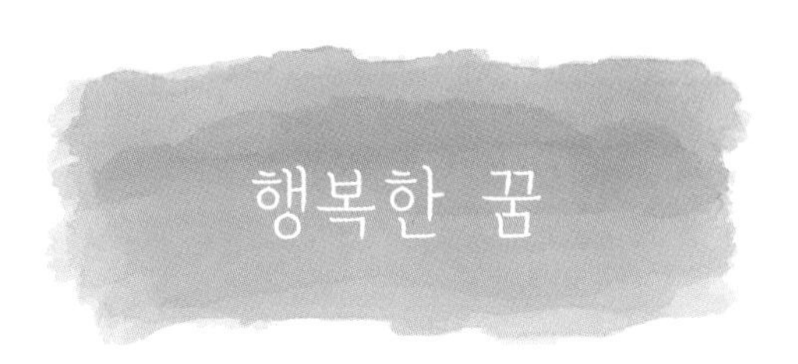

# 행복한 꿈

나에게 영원한 안식을 준 죽음과 함께 이야기를 나눴다. 우리 둘 밖에 없는 방에서 창문을 통해 들어오는 산들산들한 바람을 느끼며 소곤소곤 이야기를 나누었다.

"이 뒤에는 어디를 갈까?", "아프거나 무서운 것들을 마주하면 어쩌지?", "남은 사람들의 얼굴이 빛났으면 좋겠어." 등 누가 들으면 무슨 소린지 잘 모를 수도 있는 대화였다.

그때, 누군가가 똑똑 노크를 했다. 두툼하고 굳은살이 밴 손이 인상적인 남자였다. 나는 왠지 모르게 그 손을 빤히 바라보고 있었다. 한 손에 간식이 담긴 접시를 들고 슬며시 들어와 "먹으면서 얘기들 나눠."라고 말했다. 남자는 그리 낮지도 높지도 않은 다정한 목소리로 우리에게 접시를 주었다. 접시에는 초코쿠키나 젤리 등의 달콤한 것들로 가득했는데 어째서인지 하나같이 다 내가 좋아하는 것들만 담겨 있었다.

“잘 먹겠습니다!” 방긋 웃으며 인사를 드렸다. 기분 좋게 넙죽 받고는 같이 먹으면서 얘기 나누자고 말했다. 남자가 우리 주변에 앉았을 때, 남자를 본 바로 그 순간부터 내 머릿속에 떠올랐던 말을 그대로 내뱉었다.

“정말 많이 감사하고 죄송합니다.”라는 뜬금없는 나의 말에 남자는 답했다. “응? 간식 말이야?”

나는 남자의 손을 꼭 잡고 “정말 많이 사랑해요.”라고 똑같은 말을 반복했다. 그냥 처음부터, 옛날부터 그러고 싶었던 것처럼 느꼈기 때문이다.

모든 상황을 바로 옆에서 바라보던 죽음은 눈물이 맺힌 눈으로 나를 보며 조금 더 조용히 기다려 주었다. 그리고 충분한 시간이 흐른 후에 죽음이 입을 열었다.

“나에게 너무나도 소중한 사람들. 모두, 정말 죄송하고 감사하고 사랑합니다.”

죽음은 내가 남자에게 말했던 것과 비슷한 말을 뱉고는 홀연히 사라졌다. 그리고 나는 죽음이 사라진 것과 동시에 졸음이 밀려왔다. 당황하고 있는 남자의 얼굴을 잊지 않겠다는 듯이 끝까지 바라보며 눈을 감았다.

눈을 감은 후에는 정말 행복한 꿈을 꾸었다. 내 소중한 사람들과 햇볕은 좋은데 그리 덥지도 않은 완벽한 날씨인 그 어느 날, 바다에 가서 즐겁게 물놀이도 하고 맛있는 것들도 먹으며 행복한 하루를 보내는 꿈을 말이다.

강승구

# 함께 손을 잡고

2110년 4월 25일 날씨는 '끝내줌'이었다.
오늘은 나의 100번째 생일이다.
비가 오고 난 뒤 맑은 공기가 춤추고 있는 새벽에
침착하고 차분한 죽음이와 함께 마지막 여행을 떠났다.

집을 나서는 발을 딛는 그 순간,
머릿속이 맑아지며 상쾌함이
나에게 생일 축하를 해주며 지나갔다.
눈을 살포시 감고 숨을 깊게 들이마셨다.
스읍, 하,
얼굴엔 자연스레 미소가 생겼다.

죽음이는 여유롭게 있는 나를 재촉하듯
내 손을 잡고 발을 동동 구르며 말했다.
"승구야, 우리 어서 가자!
빨리 가서 여기저기 구경하고 싶단 말이야."
이때만큼은 차분한 죽음이가 아닌,
여행에 들뜬 어린아이 같았다.

나는 그런 죽음이를 보며 말했다.
"고마워."
죽음이는 동동 구르던 발을 멈추었다.
이내 고개를 갸우뚱하며 이해하지 못했다는 표정으로
나를 바라보았다.
나는 말했다.
"나의 마지막 여행을 함께해줘서 고맙다고."
약간의 오글거림을 참고 말했다.
죽음이의 입 꼬리가 씩 올라갔다.

우리는 함께 손을 잡고 하늘나라로 걸어갔다.

강연길

# 나무와 해를 닮은 선물

아침을 알리는 햇살의 인사에
잠에서 깨어난 맑은 이슬 하나가 떨어지며
무지개 빛이 반사되는 지금.

기쁨과 슬픔을 늘 함께 나누며
묵묵히 내 손을 잡아 준 소중한 내 남편.
그런 남편의 품에서
나의 차가움은 따뜻한 온기로 덮여지고
포근한 목소리에 떨림과 두려움은 사라집니다.
그렇게 내 곁에서
사랑과 축복을 전해 준 남편을 두고

죽음과 함께 여행을 하려하니
혼자라는 외로움을 주게 되는 것 같아
그게 제일 안타깝고 아픕니다.

매일 아침 서로의 하루를 응원하는 따뜻한 입맞춤.
맛있고 행복하다며 즐겁게 먹는 저녁시간.
세상에 아무도 없는 듯 두 손 잡고 걷던 둘레길.
울다 웃다 누가 더 사랑하는지 외쳤던 말들.
선물 같은 남편의 사랑 덕에
이 모든 시간을 보낼 수 있었기에 감사합니다.

든든한 나무이자 따뜻한 해인
나의 소중한 남편.
당신은 나의 축복이자 선물입니다.
사랑합니다.

권성희

# 아이들을 풍성히 담고

언젠가 만날 것을 알았던 죽음과 함께
내가 좋아하는 숲길을 걸었다.
숲의 정령이 말없이 나를 안아주었다.
"엄마." 하고 부르는 소리에 뒤를 돌아보았다.
저 멀리서 나의 목숨 같은 세 아이들이 뛰어오고 있었다.
각자의 보폭으로 따로 또 같이,
나를 향해 오는 아이들의 얼굴에 웃음이 한가득했다.
나도 모르게 아이들을 보며 미소가 지어졌다.

나보다 덩치는 크지만 마음 따뜻한 큰딸은
"엄마, 안아줘."라고 한다.

강단 있고 속이 깊은 작은 딸은 내 손을 따뜻하게 꼭 잡아준다.
"엄마."라고 불러주는 목소리만으로도 든든한 아들은
조용히 나를 안아준다.

나는 양손으로 한 아이 한 아이 얼굴을 쓰다듬으며
아이들의 온기를 느껴본다.
그리고 세 아이들을 내 팔 가득 껴안으며 속삭인다.
"너희 각자는 이 세상에서 가장 소중한 존재들이란다.
스스로를 사랑하며 반짝반짝 빛나게 하렴.
이 세상에서 너희들의 엄마로 살 수 있어 행복했단다.
내 새끼들."

나는 아이들을 향해 환하게 웃어주고
내 눈 속에, 내 마음속에 아이들을 풍성히 담았다.
나는 죽음의 손을 잡고 다시금 숲길을 걸어갔다.

죽음이 나에게 말했다.
"성장하는 성희,
우리 이 길도 함께 성장하며 나아가보자."
죽음의 손은 따뜻했다.

묘비명.

성장하는 성희,

이 세상뿐만 아니라

저 세상에서도 성장하는 그대여.

BRAVO, MY LIFE!

권혜련

## 존재만으로 사랑이었음을

진정한 나를 찾아서 살아준 죽음과 숲길을 걸었다.
무성한 나뭇잎들이 따사로운 햇살을 적당히 가려주었다.

깔끔하게 차려입은 한 남자가 고개를 숙이고
우리를 향해 걸어오고 있었다.

나는 밝은 미소를 지으며 그에게 말했다.
"왔어요?"
그 남자는 내게 따뜻한 눈빛으로 응답했다.
나는 그에게 손을 내밀었고 그는 내 손을 잡아주었다.
여전히 그의 손은 따뜻했다.

"당신은 내게 고마운 사람이에요."

그는 답변으로 내 손을 더 꼭 잡아주었다.

"나는 당신 덕분에 지금도 앞으로도 늘 편안한 행복감으로 있을 거예요. 사랑해요."

죽음은 그와 내가 함께 걸어가는 뒷모습을

흐뭇하게 바라보고 있었다.

그리고 이렇게 말했다.

"그동안 잘 살아왔네.

한 송이의 꽃이 피고 지듯,

너의 삶의 여정은 아름답고 의미 있었어.

존재만으로 사랑이었음을 기억해."

김귀화

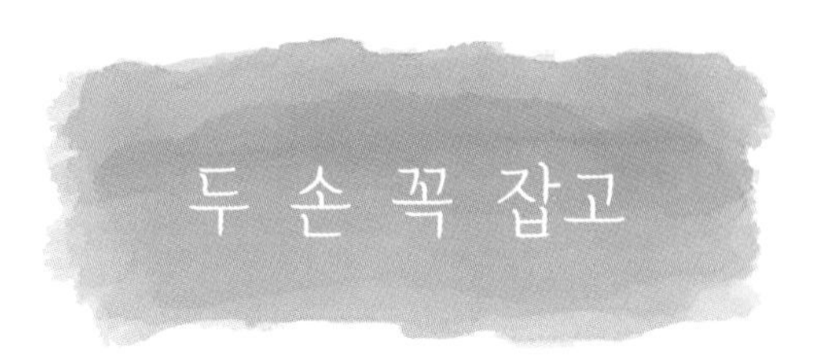

# 두 손 꼭 잡고

어느 잔잔한 오후,

햇살이 부드럽게 퍼지고

나뭇잎 사이로 바람이 살며시 스며듭니다.

공기 중에는 풀내음과 함께

봄꽃 향기가 섞여 있습니다.

이 고요한 풍경 속에서

죽음은 자연스러운 삶의 한 부분으로 다가옵니다.

엄마와의 만남을 앞두고 나는 깊은 생각에 잠깁니다.

엄마는 항상 내게 사랑과 지혜를 나눠 주신 분입니다.

엄마와의 추억은 내 마음을 따뜻하게 해 줍니다.
꿈속에 엄마는 아침 햇살 받으며 반짝이는 모습으로
나를 찾고 계십니다.
나를 보자 엄마는 두 팔 벌려 포근히 안아 주셨습니다.
"어디 갔다 이제 왔어?
얼마나 찾았는데?
엄마 너무 보고 싶었어."
저는 투정을 부립니다.
엄마 얼굴은 반짝반짝 빛나는 보석 같습니다.
엄마가 계신 곳은 천국이었습니다.

울 엄마는 항상 자애로운 분이셨습니다.
어려운 순간마다 나를 격려해 주셨고
다정한 미소로 언제나 나를 안심시켜 주었지요.
죽음을 앞둔 이 순간,
내가 엄마를 얼마나 사랑하는지
얼마나 감사하게 생각하고 있는지 전하고 싶습니다.

엄마의 손은 여전히 따뜻하고 부드럽네요.
엄마의 눈에는 세월의 흔적이 있지만
여전히 사랑이 가득합니다.
엄마의 목소리는 나지막하고 다정합니다.

엄마와 함께 하는 이 순간이 영원히 지속되기를 바랍니다.
엄마께 따뜻한 차를 끓여드리고
함께 앨범을 보며 추억을 나누었습니다.
엄마 이야기를 듣고
내가 그동안 얼마나 감사했는지를 전합니다.
엄마가 좋아하는 음악을 함께 들으며
두 손 꼭 잡고 엄마에게 나의 온기를 전해 봅니다.

이 순간이 마지막이라는 생각에
진심을 다합니다.
죽음 앞에서 우리는
더욱 진정한 모습을 드러내게 되지요.

죽음이 내게 말합니다.
너의 삶은 사랑과 추억으로 가득 했구나.
이제 평안히 쉬어라.
너의 온기는 사랑하는 이들에게 영원히 남을 것이다.

김나림

# 김나림답게 그렇게

빛 놀이터 중에서도 특별한 사랑이 느껴지는 자리가 있다.

나는 그곳을 애정하여 고요하게 나와 대화할 때

즐겨 찾고는 한다.

사랑과 햇볕 에너지를 만끽하고 있을 때

밝은 빛이 내 눈에 들어 왔다.

난 주저 없이 말을 걸었다.

"안녕? 너 정말 어여쁘구나."

내 몸을 감싸듯 답을 해주었다.

"음 알아. 너도 어여쁘구나."

창밖으로는 녹색 잔디, 연두색 새싹, 여러 꽃들이

우리의 대화를 동의하듯

바람과 함께 온몸을 반짝거리며 그 자리에서 나와 함께했다.

빛이 나의 가슴과 등을 어루만지듯이 말했다.
"네가 내 배속에 있을 때 얼마나 행복했는지 몰라.
그것도 찰나,
행복을 시샘했는지 아빠의 폭력은 날로 더 악해졌어.
이번 생은 그만 살고 싶어져 기차가 오는 곳으로 달려갔지.
….
네 덕분에 네 동생 세 명과 귀한 손주 여덟 명까지 만났네.
칠십 대가 되어서야 나다운 삶을 살아가고 있어.
그로부터 30년간 건강히 여행하며 운동하며 잘 살게 되었단다."

"엄마! 엄마였구나!
나 벌써 백 살이 넘었어. 엄마 닮아서 무병장수하네."
벅차오르는 감정으로 대화를 이어갔다.
"지구별 여행 어땠어?"
엄마에게 물었다.
"참으로 고단하고 고단했지만 5남매 덕분에 감사하고 행복했지.
너는 어땠어?"
나는 눈을 감고 잠시 생각에 잠겼다.

"엄마가 내 엄마라서 감사했고

준이들에에 명품 마인드를 유산으로 남기게 되어서 기뻐.
나도 많이 고단했지만 매우 가치있는 것을 남기고 가서
지구별 여행을 끝내도 될 것 같아."

죽음은 그렇게 우리를 빛으로 하나되게 하였다.

지구별 여행 112년.
나를 나로 세우고
가문을 일으키고
돕고 감동하고 깨닫고
김나림답게 여행 끝!

김맹희

# 연분홍 꽃잎 속 살아낸 삶

연분홍 벚꽃 잎이 비처럼 내리던 화사한 봄날.
눈썹을 간지럽히는 살랑이는 바람과
분홍빛으로 물든 따뜻한 오후시간.
나는 나의 죽음과 소풍을 간다.

흰 장갑을 멋스럽게 끼고,
꾹 눌러쓴 벙거지 모자 아래로
검버섯이 활짝 펴도 밉지 않은 어르신.
나무지팡이에 간신히 기댄 굽은 등으로 함박웃음 지으며
나약하지만 한 발짝 내딛는다.

엄마?

엄마?

엄마구나!

힘없이 주저앉을 듯한 가냘픈 엄마를 와락 끌어안고

나는 엄마의 숨결을 따라가 본다.

딸이 그리웠을 당신.

못 다 알려준 세상사 이야기가 오간다.

초라한 구절양장의 삶의 한숨과 애환들에게도

심심한 위로와 애도를 보냈다.

모든 고귀한 것은 어렵고 드물다고 했던가.

내가 세상 빛을 볼 수 있도록 해 준 고귀한 존재.

유영자,

내 어머니!

그저 입 닫고, 마음 닫고, 육신의 자취 감추시니,

이승의 인연을 벗으시고,

사바세계 속환하시어 불편한 몸 어여삐 바꾸셔요.

엄마 딸 인연 지으시어

꽃으로,

빛으로,

꿈으로 만납시다.

향불의 잔향이 고요함을 업고 내려온다.

시계도 멈추고,

이윽고 흐르던 강물도 멈춘다.

다만 연분홍 꽃잎만이

여운없이 흩날린다.

나의 죽음은

엄마와 딸아이의

고귀한 인연의 끈을 축복하며 고이 잠든다.

김맹희,

향기 나게 살아낸 삶을 기억합니다.

김명희

# 오늘을 살게 한다

멀리서 무언가가 보였다.

사람들의 웅성거림에 한참을 바라보던 나는

줄행랑을 치기 시작했다.

쓰나미였다.

달리고 달리고 또 달렸다.

높은 곳을 바라보며 죽을힘을 다해 뛰었다.

산꼭대기에 다다랐을 때 더 이상 도망칠 수 없었다.

집채만한 쓰나미가 등 뒤에 있었기 때문이다.

그때 눈앞에 철봉 같은 구조물이 있어

열손가락에 온 체중을 실어

눈을 있는 힘껏 감았다.

그 순간 쓰나미가 나를 덮쳤다.

얼마가 지났을까.
다시 보이는 세상은 언제 그랬냐는 듯,
바람한 점 없는 호수처럼 평온하다.

이렇게 고요할 수 있을까.
이리저리 둘러봐도 아무도 보이지 않는다.
죽었나? 살았나?
뭐지.
내가 느껴지지 않는다.

20대인가 30대인가 한창일 때 꾸었던 꿈이다.
죽음을 마주한다는 것이 이런 것일까 할 만큼
온 몸을 휘감았던 쓰나미의 느낌이 지금도 생생하다.

그날의 느낌이 오늘을 살게 한다.
집채만한 그 무언가가 또다시 온다 해도
정면으로 마주할 것이다.
이내 고요한 평화가 온다는 것을 알기 때문이다.

김민주

# 충분히 너를 사랑해

맞이하고 싶지 않은 죽음 앞에서 바닷가를 걸었다.
하지만 얼굴에 뿌리는 보슬비 덕분에 마음이 가벼워진다.

숨을 헐떡이며 달려오는 모습마저 눈부시게 빛나는
건강한 청년이 보인다.

"무슨 급한 일이 있어서 더운 날씨에 이렇게 뛰어요?"
청년의 앞을 가로막은 나. 이런 용기가 어디서 생긴 걸까?
"좀 비켜주세요. 엄마가 갑자기 안 보여서요."
울먹이는 청년의 목소리에 마음이 아파온다.
"엄마를 왜 찾아요? 다 큰 어른인데……."

"엄마가 지금 많이 편찮으세요.
바다를 좋아해서 여행 왔는데
따뜻한 커피한잔 사러 갔다 오니까 안 계시잖아요.
죄송한데 저 시간이 없어요. 엄마를 빨리 찾아야 해요."
달려가는 청년의 모습에서 엄마에 대한 애틋한 사랑이 보였다.

"잠깐만요."
약한 내 목소리에 청년은 뒤를 돌아보았다.
눈물과 땀으로 범벅이 된 청년의 얼굴을 감싸 안았다.
"사랑이 넘치는 사람이군요. 엄마가 누구인지 몰라도 부럽네요.
따뜻함으로 세상을 물들여 가는 당신의 삶을 축복해요."
"감사합니다. 우리 엄마를 많이 닮으셨어요. 건강하세요."
청년이 나를 꼭 안아 주었다.
'우리 아들도 이렇게 잘 커서 가족들과 행복하게 잘 살겠지?'
아들의 품처럼 다정한 온기가 전해졌다.

애틋함과 사랑이 넘치는 둘의 모습을
죽음은 흐뭇하게 바라보고 있었다.

그리고 죽음은 씩씩하게 말했다.
"참 잘 살았구나. 충분히 너를 사랑해."

**김보승**

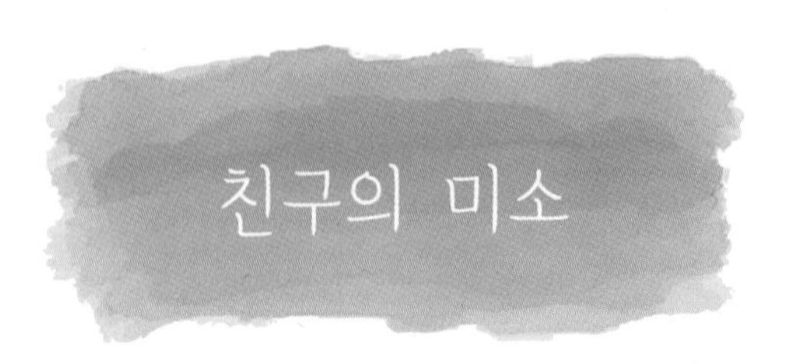


삶의 소중함을 알려준 죽음과 여행을 갔다.

맑은 하늘, 높이 뜬 태양이 있는 한낮이다.

늘 그렇듯이 핸드폰을 든 내 친구가 나를 향해 걸어오고 있다.

"야."

내 말을 들었는지 못 들었는지

친구는 여전히 핸드폰만 보고 있었다.

나는 친구에게 다가가 어깨를 두드렸다.

"어?"

그제야 친구는 나를 쳐다보았다.

"그동안 고마웠어. 너 때문에 행복했어.
너는 내게 참 고마운 사람이야."

친구의 당황한 모습을 보면서 나는 손을 잡았다.
친구는 곧 미소를 지었다.

죽음은 무표정한 얼굴로 나와 친구를 향해 다가오기 시작했다.

죽음은 따뜻하게 말했다.
"그동안 고생했어. 항상 행복해."

김애자

# 영원히 빛나리

석양노을이 질 무렵,

죽음과 함께 집 근처 숲길 산책로를 걷고 있었다.

시원한 바람이 뺨을 스친다.

평소에 찬양을 즐겨 부르던 나는

오늘도 나지막한 목소리로 찬양을 부르며 숲길을 걷고 있다.

찬양을 부르는 순간,

내 삶의 여정이 파노라마처럼 뇌리를 스치며 지나간다.

눈물이 흘러내렸다.

한 손으로 눈물을 닦으며 뒤를 돌아보았다.

강아지와 함께 산책을 나온 중년의 여자와 남자가

내 쪽을 향해 걸어오고 있었다.
반가운 얼굴들이다.
가까이 다가가 중년의 여자와 남자를 차례로 안아주었다.
험한 세상에 둘만 남기고 떠난다고 생각하니
또다시 눈물이 뺨 위로
흘러내린다.

"나의 소중한 사람들아! 항상 건강하고 행복해다오.
지금까지 신앙 안에서 성실하게 잘 살아줘서 고맙다.
너희들은 내가 살아가는 이유의 전부였다.
사랑한다.
앞으로도 하나님 잘 섬기며 믿음 안에서 행복하게 살아다오."
중년의 여자와 남자는
"고맙고 감사해요."라고 말하며 고개를 숙인다.

죽음이 가까운 거리에 서서 숙연한 모습으로
우리 셋을 지켜보며 미소를 짓는다.
그리고 나에게 말한다.
"너의 열정과 희생의 열매는 저들의 가슴속에 영원히 빛나리."

**김영숙**

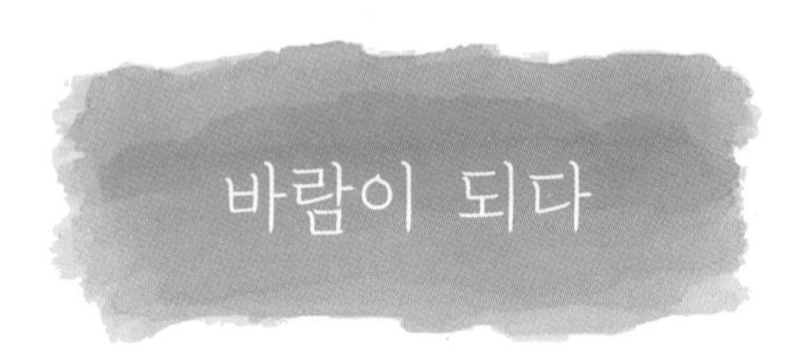


나와 함께 울고 웃으며

내 삶을 여유롭고 풍성한 삶으로 안내해준 죽음과 함께

숲을 걸었다.

부드러운 흙의 감촉이 맨발에 닿는 순간,

어느 때보다 신선함이 느껴졌다.

잠시 내렸던 비로

말랑말랑한 흙이 발바닥에 착착 감기는 맛이 너무 좋다.

사람이 드문 한적한 숲길로 들어서면 저 멀리 벤치가 있다.

천천히 엄숙하게 걸었다.

그리고 그늘 아래 벤치에 앉았다.

소리 없는 바람이 살랑거린다.

작은 나뭇잎이 흔들린다.

새삼 새롭게 느껴진다.

아, 예쁘다!

실록의 푸름이 너무 아름답다는 생각이 들었다.

흔들리는 바람이 나를 부른다.

죽음이 내 어깨를 감싼다.

그때였다.

사랑스럽고 다정한 사람들의 무리가 다가오고 있었다.

말하지 않아도 가슴에서 저절로 알아졌다.

내 몸의 감각들이 일제히 촉각을 세우고

다가오는 이들에게 사랑을 보냈다.

아, 사랑하는 사람아, 내 사랑아….

온 마음으로 기운을 모아 사랑하는 아이들의 뺨을 만져본다.

수연아, 선아, 영욱아.

사랑해, 사랑해.

이렇게 너희들을 볼 수 있어서 너무 감사해.

즐겁게 기쁘게 행복하게 여행 잘 하고 만나자.

아이들과 함께했던 순간들이 스쳐가고

가슴은 기쁨으로 가득하다.

엄마, 엄마 사랑해요.

아이들의 목소리가 점점 멀어져 간다.

나의 죽음이 빙그레 웃으며 우리를 쳐다보고 있었다.

자, 이제 진짜 여행을 떠나실까요?

묘비명.

행복했던 그녀, 바람이 되다

김태은

# 바다가 품은 이야기

파도소리와 뱃고동 소리가 들리는 바닷가를 가족들과 걸어갔다.
갈매기 떼와 몇 명의 사람들이 지나갔다.
한참을 걷다가 힘들어서 쉬고 있는 나에게 큰딸이 말했다.
"엄마. 우리 삼남매를 키워주셔서 감사합니다.
아픈 몸으로 우릴 돌보느라 많이 힘들었죠? 고생하셨어요."
키가 훌쩍 커 버린 둘째 아들은 내 손을 잡으며 이렇게 말했다.
"제가 어릴 때 엄마를 많이 힘들게 했었죠? 죄송했어요.
아픈 엄마인 걸 알았지만 어린 마음에 관심 받고 싶어 그랬어요.
지금 생각해 보면 철이 없었어요."
체격 좋고 키가 큰 성인이 된 막내가 나를 말없이 안아주었다.
남편이 나와 함께 나란히 앉아 말했다.

"힘든 역경들 이겨내고 사랑으로 우릴 돌봐줘서 정말 고마웠어."
라고 말이다.
나와 그는 잔잔한 바다를 바라보았다.

한참 앉아있는데 파도가 거칠어졌다.
"숙소로 돌아가자. 눈이 내릴 거 같아."
가족들은 나를 데리고 숙소로 가 따뜻한 이불을 덮어주었다.
죽음이 내게 다가왔다.
"이제 저승으로 가야 할 시간이에요. 저를 따라오시죠.
힘든 역경 잘 견디고 모진 말들과 상처들은 이승에 놔두시고
좋았던 기억만 담아서 가요 우리.
지금 함께 가고 있는 저승에서도
도전하고 노력하시길 바랍니다.
잘 살아왔고 고생하셨습니다."

묘비명.
노력하며 더욱 도전하는 태은.
이승에서 열심히 살아왔듯 저승에서도 멋지게 살아가기를.

박보배

## 해질녘 공간에서 느낀 삶의 중력

삶은 죽음으로부터 시작이라고 가르쳐 준 죽음 씨와 함께 하얀 신발을 신고 마지막 산책길을 나선다. 해질녘 신천 강가는 평화가 깃들어 한 발로 서있는 백로도 기도하는 듯 둘이서 고요하다. 나의 걸음은 평소보다 느리고 한 발 한 발이 귀하다. 저 멀리서 죽음 씨와 나를  마주보며 걸어오는 한 분이 계셨다. 거리가 가까워질수록 발소리 저벅저벅, 팔은 흔들흔들. 우리를 힐끔 쳐다보며 지나간다.

“저, 저기요.”

그는 내 목소리를 듣고는 미간을 찌푸린다. 나는 그의 굽은 등을 본다. 마음이 아려온다. 그에게서 삶의 무게가 전해져온다.

나는 왜 그랬을까?

"잠깐만요!"

천천히 다가가 그의 눈을 지그시 바라보았다.

"당신은 참 귀하고 소중한 사람이에요.

한번 안아드려도 될까요?"

나의 눈을 바라보던 그가 진심을 느꼈는지 내게 몸을 맡겼다. 안고 있으니 쿵쿵거리는 심장 소리 와 함께 폐의 그렁거리는 숨도 느껴진다.

이제야 느껴보다니.

죽음 씨와 함께 있을 때 비로소 알게 되다니.

그의 어깨에서 느껴지는 삶의 중력이다.

죽음 씨는 온화한 미소로 나와 그 남자가 나누는 대화를 듣고 있었다. 그리고 한 마디 건네는 죽음 씨.

"온 마음으로 삶을 껴안으며 잘 살았다. 잘했다."

**박서희**

삶의 진정한 의미를 알려준 죽음과
햇살이 예쁘고 바람이 적당하게 부는 날,
나는 양손에 도시락을 들고
봄 소풍을 나섰다.

저 멀리 누군가 환하게 웃으며 반갑게 손을 흔들며 다가왔다.
"정말 오랜만이야. 잘 지냈니?"
낯익은 다정한 목소리 그리고 여전히 멋진 미소였다.
나는 너무 놀라서 순간 멈칫하며 그녀를 바라보았다.
"많이 보고 싶었어."
그녀의 따뜻한 말 한마디에

나는 눈물이 주르르 흘렀다.
“나도.”
그리고 그녀를 와락 끌어안았다.
오랜만에 느껴보는 따뜻함이었다.
“많이 보고 싶었어.”
우리는 서로의 얼굴을 한동안 바라보며
울다가 웃기를 반복했다.
그렇게 특별한 소풍이 시작 되었다.
나는 들고 온 소풍 도시락을 꺼내어
손수 만든 김밥 하나를 그녀에게 건넸다.

죽음에게도 하나 건네어 보니
잔잔한 미소로 우리 둘을 바라보았다.

그녀가 말했다.
“정말 오랜만에 나온 휴가야. 이말 꼭 해주고 싶었어.”
“무슨 말?”
“너 진짜 그동안 너무 애쓰고 고생 많았어. 사랑한다.”
나는 또다시 눈물을 흘렸다.
그 얘긴 오래전 그녀에게 내가 해주었던 말이다.

그녀에게 말했다.

"나는 사랑을 배우기 위해 이 세상에 온 거 같아.
때로는 아프기도 하고, 외롭기도 하고, 힘들기도 했지만
사랑을 알아가면서 삶의 소중함들을 알게 되었거든."
"나는 이제 내 삶을 진심으로 사랑하게 되었어."

천국에서 특별 휴가를 나온 그녀와
오랜만에 함께 한 봄 소풍은 참 따사롭고 행복했다.
그녀와 나는 서로를 따뜻하게 안으며
행복한 미소를 지었다.

봄날,
라일락 향기가 두 사람의
머리를 스쳐지나간다.

사랑해, 엄마.

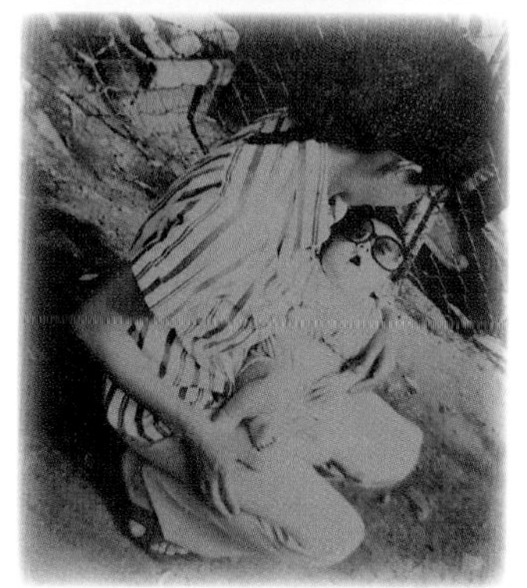

젊은시절 엄마 그리고 갓 태어난 나

서혜주

# 사랑 그 자체였군요

이제 나에게 완전한 자유를 선사할 죽음과 함께
춤을 추고자 한다.
은은한 조명, 널찍한 무대 한가운데서 말이다.

무대 한 쪽 끝 어두운 곳에서
세상에 둘도 없을 귀공자 외모의 미청년 한 명과
그보다 어려 보이는 귀공녀 두 명이 걸어 나오고 있다.
"저기, 학생!"
나도 모르게 그의 앞으로 달려 나가며 두 손을 덥석 잡았다.
스스로도 놀란 행동이었다.
갑자기 손을 잡혀 버린 두 눈 똥그란 청년을 의식할 새도 없이 또 한 번 깜짝 놀랐다.

'손이, 이 손이 왜?'

외모로 짐작되는 청년의 손이라기엔 믿겨지지 않을 만큼

그의 손은 손가락 마디도 굵고 무엇보다 거칠었다.

"힘들었네요. 이렇게나 힘들었어요.

이 미안함을 어쩌면 좋을까요?"

어느 샌가 굵은 눈물이 흘러내리고 있었다.

청년은 애써 손을 빼려는 움직임도 없이

그냥 가만히 바라만 보고 있다.

그제야 청년은 나를 알아보는 눈치다.

주체 없이 흐르는 눈물이 내 손등을 지나

그의 손에까지 흘러내렸다.

그때 신기한 일이 벌어졌다.

흡사 할아버지 같던 그의 손이 점점

말랑말랑하고 부드러워지고 있지 않은가!

'이게 무슨 일이지?'

의문이 드는 것도 잠시, 청년이 입을 연다.

"아니에요.

당신이 주신 그 진정한 마음으로 상처가 매 순간 다 나았답니다.

이제 아무렇지 않아요."

어느 샌가 모여진 네 사람의 손 여덟.

그 위를 뜨거운 무대 조명이 비춰주고 있었다.

때맞춰 흘러나오는 음악에 맞춰 흥겹게 강강수월래를 한다.

나의 출생의 순간부터 모든 것을 지켜보아 왔던 죽음은

이윽고 아주 밝은 솔 톤의 목소리로 이렇게 말했다.

"유쾌한 당신은 한 평생 사랑 그 자체였군요.

잘 살아오셨습니다."

썩 마음에 드는 그 말에 나도 마지막 힘을 다해

입가에 함박 미소를 짓는다.

손경인

# 이제야 사랑이라는 것을

'죽어도 괜찮다.'라는 건방진 말을 늘 하며 살았다. 다만 걸리는 것은 소중한 딸과 사랑하는 반려견인 것을, 그들도 처음에는 아프겠지만 시간이 지나면 익숙해지지 않을까 싶었다. 시커먼 바다를 바라보며 이런 생각을 했더랬다.

살아가는 것이 버거울 때마다 늘 죽음을 떠올렸다. 살아있는 무게를 덜어내고 싶었다. 그러다 삶이 곧 죽음이라는 것을 깨달았다. 누군가는 말했다. '살아가는 것은 곧 죽음으로 가고 있는 과정.'이라고. 열심히 죽음을 생각하지 않아도, 나는 하루하루 죽음에게 다가가고 있는 중이었다.

죽음을 만났다.

아무도 없는, 모래사장이 펼쳐진 쓸쓸한 바다 앞에서.

죽음에게 말했다.
나는 누군가에게 따뜻한 사람이고 싶었다고,
살면서 그게 제일 어려웠다고.
죽음은 아무 말도 하지 않았다.
멀리서 걸어오는 한 아이가 있다.
제법 큰 키에 마른 몸,
엉성한 걸음걸이,
굽은 등,
멍한 표정으로 땅만 바라본다.
무슨 생각을 하는지 나를 빤히 쳐다본다.
자세히 보니 몸 이곳저곳에 멍 자국이 남아있다.

나에게 다가온 그 아이는 그동안 있었던
이야기들을 내어놓는다.
사랑받고 싶었고,
잘 해내고 싶었고,
편안해지고 싶었다고.
부모님이 그만 싸우면 좋겠다고,
친구들은 나를 그만 놀렸으면 좋겠다고,
내 이야기에 귀 기울여 주면 좋겠다고.

나는 그 아이와 모래 위에 앉아 바다를 바라보며
밤새도록 그 이야기를 듣고 또 들어주었다.
새벽이 올 무렵, 얼굴이 말개진 아이의 얼굴이 평안해 보인다.
"사랑은 내어 준만큼 너에게 돌아올 거야,
 더 큰 세상을 사랑하렴."
뒤돌아 걸어가는 아이의 뒷모습을 죽음과 함께 바라본다.
"이제 그만 놓아버려도 될까?"
죽음이 고개를 끄덕인다.

죽음은 가만히 내 손을 잡았다.
"용서는 어려운 것이 아니야."
죽음이 조용히 말했다.

이제야 사랑이라는 것을 깨닫는다.
내 얼굴을 지나치는 바람,
그 바람 따라 소리를 내는 파도,
발밑의 수많은 모래,
언제든 내 위에서 나를 지켜보던 하늘,
시린 바다 냄새.
이 어느 것 하나,
사랑이 아니었던 것이 없었다.

유명순

# 흙으로 다시 돌아갈 시간에

차가운 겨울바람을 안고 달리던 어느 날,
앙상한 나무들이 추위에 머뭇거리던 그때,
봄을 기다리듯 따스한 햇살이 비치기도 했다.

추위 속에 여전히 그는 먼저 오토바이 시동을 켜고
나를 등교시켜 주기 위해 기다려 준다.
빨간색 오토바이에 헬멧까지 빨간색이다.
그는 살포시 웃으며 나를 맞이해 주었다.
그의 입가에는 하얀 입김이 피어오른다.

"어서 와. 빨리 타."

그리고 나에게 헬멧을 건넸다.
나를 기다리고 있던 그에게 방긋 웃으며
빠른 걸음으로 오토바이에 올라탄다.
양손으로 그의 허리를 잡고 그의 등에 내 몸을 맡긴다.
오토바이는 씨잉, 소리를 내며 달렸고
추운 바람은 그의 등을 차갑게 했다.
차가운 그의 등은 나에겐 바람을 막아주는
보호막이 되어 주었다.
어느새 지하철역에 도착했다.

"고마워요."
나의 말에 그는 쑥스러워했다.
왜 그러느냐는 표정과 함께 여기저기로 시선을 흩뜨렸다.
나는 환하게 웃는 그의 모습이 너무 사랑스럽고 좋다.
웃으면 더 작아지는 눈과
앞으로 더 튀어나오는 듯한 이도 그러했다.
나는 그의 볼에 나의 입술을 포개었다.
그리고 그의 도톰한 손을 잡았다.
이 역시 쑥스럽다는 듯 살며시 손을 뺀다.

"오늘의 나를 당신이 만들어 주었어요.
제가 성장할 수 있도록 늘 도와 주셔서 감사합니다.

하나님의 계획과 섭리 속에서 한 가정을 만들어 주셨고
당신을 돕는 조력자가 나의 사명 중 하나라고
생각하며 살았어요.
그런데 당신이 나를 도와주니,
우리는 서로에게 조력자네요.
그래서 당신은 보석 중에서도 최고의 보석이라고 고백합니다."

미소를 지으며 우리를 바라보고 있던 죽음이 말했다.
"바로 그거야.
척박한 땅을 정성스레 경작하여 옥토를 만들 듯이
서로를 사랑하는 너희 마음이 예쁘구나.
이제 너희는 원래대로 돌아가게 된단다.
먼지에 불과한 흙으로 왔으니 흙으로 다시 돌아갈 시간이 왔어.
그렇지만 영은 저 천국으로 가니 정신 차리고 끝까지 집중하렴.
안녕!"

묘비명.
하나님께 가까이함이 내게 복이라.
시편 73편 28절.

윤도연

# 아름다운 소풍
# 그리고 영원히 피어날 사랑의 꽃

따스한 햇살 아래,

에메랄드빛 바다,

아름다운 갈매기의 노래 소리,

바람은 선선하고 구름은 몽글몽글 흐르네.

피로와 고난 속에서 찾아온 따뜻한 햇살이야.

그동안 너무 잘해왔어.

정말 애썼지.

이제 무거운 짐 내려놓고 쉬어도 돼.

나를 위로하는 듯한 너의 따뜻한 목소리.

멀리서 달려오는 사랑,

두 팔 벌려 맞이하네.

나를 향해 한걸음에 달려오는 너.

나를 세상에서 의미 있게 만들어 준 너.

너를 기다리는 이 마음이 설렌다.

품에 안은 작은 보물,

세상에 둘도 없는 행복.

그 먼 길을 한걸음에 달려와 내 품에 안길 때

볼에 스치는 부드러운 감촉.

따뜻한 온기.

작고 소중한 나의 보물.

너를 안으니

세상에 둘도 없는 편안함과 행복이 찾아오네.

고마움과 사랑으로 가득 찬 이야기.

고사리 같이 작고 예쁜 너의 손을 잡고

눈을 마주보며 나누는 이야기.

부족했던 나의 삶을 사랑과 행복으로 채워준 너.

한평생 행복했노라고 말해주고 싶어.

다시 태어나도 너의 엄마가 되고 싶어.

지금 잠시 떠나지만
엄마는 항상 너의 곁에 있을 거야.
세상 어디서든 당당하고 자신 있게, 행복하게 살아야해.

세상에 둘도 없는 내 보물아,
어디서든 당당하고 자신 있게,
행복하게 살아야 해.

항상 너를 지켜주는 엄마가 여기 있으니
어디서든 니가 원하는 멋진 꿈을 펼치며
훨훨 날면서 행복하게 살렴.

한줄기 빛처럼 나에게 내려와
곁에서 지긋이 웃으며 기다리는 죽음.
"나와 우리 아이의 대화가 끝날 때까지
 조금만 더 기다려줄래?"

그래,
기다릴게.
너의 사랑을 다 전하고 와.
그리고 우리 편하고 즐거운 마음으로 소풍을 떠나는 거야.

메말랐던 가슴에 내린 단비,

피어나는 아름다운 꽃.

내 인생 선물같이 찾아온 너.

예쁜 새싹을 틔워 잘 자라게 해줘서 고마워.

니가 없었다면 몰랐을 세상의 기쁨과 행복들을 만나고

떠나게 해줘서 고마워.

내 사랑,

내 아가,

엄마는 영원히 너를 사랑할게

우리 다시 만날 날까지 잠시….

안녕.

사랑해.

윤지희

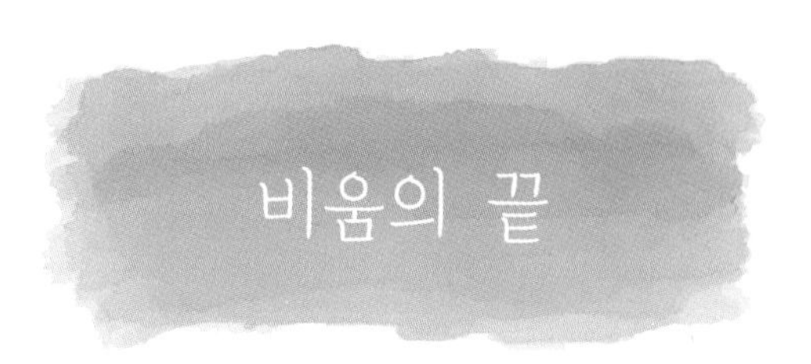


지금까지 나름 잘 살아준 나에게
잘 했다고 애썼다고 말한다.
코끝을 스치며 잔잔한 바람이 불어온다.
고요하고 평안한 빛과 함께
넓디넓고 끝이 보이지 않게 펼쳐진 메밀꽃밭을 스치며 걸어간다.

멀리서 한 남자가 서성이고 있다.
느지막이 만나 애 끓이며 함께해온 남편이었다.
그는 어깨를 들썩이며 흐느껴 울고 있다.
"미안해요."
말을 잇지 못하고 눈물만 흘리고 있다.

다가가서 그를 안아주었다.

"괜찮아, 괜찮아요.
주어진 인생길, 최선을 다해 살았어요.
잘 안 된 건 서로의 몫이 거기까지여서
누구도 어쩌지 못하는 거였어요.
미안해하지 말아요.
때론 서운하고 못마땅한 것도 있었지만,
고맙고 사랑하는 마음이 더 커요."

남편의 등을 토닥토닥 두드리며 위로했다.

그리고 하늘 위 뭉게구름이 고요히 흐르듯

죽음이 천천히 말했다.

"그래, 외롭고 험한 길 잘 왔구나."

이송희

나의 평안이 입 꼬리를 올리며 웃어 보인다.
새파랗던 하늘이 부끄러운 듯 붉게 물들어 노을이 진
가을 저녁이었다.
햇볕에 그을려 검게 탄 피부에 주름진 남자가
여기저기를 둘러보며 풍경 사진을 찍는 모습이 보였다.

'어쩜 저리도 행복해 보일까?'
자연을 만끽하는 듯한 남자를 지켜보다가
조심스레 그의 곁으로 다가갔다.
"잠시 실례할게요. 무슨 사진을 찍길래
그리도 행복한 표정을 지으시나요?"

그는 나를 잠시 쳐다보고는 자신이 찍은 사진들 보여주었다.
사진 속에는 붉은 노을, 노을 진 하늘,
점점 물들어 황금빛으로 물들기까지
다양한 세상이 담겨 있었다.
"저 하늘 위로 날아서 더 많은 세상을 담고 싶어요.
아직도 내가 모르는 세상이 너무 많아요."
그는 자신의 소망도 함께 알려주었다.
"매일 뜨고 지는 태양일지라도 같을 수는 없지요.
위치, 시간에 따라 우리가 느끼지 못하는 변화가 있어요.
어제와는 또 다른 소중하고 새로운 시간들이죠.
중요한 건 빛을 잃어본 적이 없다는 거예요.
저는 그 빛을 따라 당신과 함께 여행하고 싶습니다."
나의 말에 그는 환한 미소를 지었다.
그리고 이어서 나의 마음을 그에게 전했다.

"당신은 정말 사랑스런 사람이에요.
세상 착하고 선한 사람.
힘들고 궂은 일 마다않고 고생해서 내게는 너무 안쓰러운 사람.
그래도 나만 봐주고 나만을 아껴주고 사랑해줘서
참 고마운 사람.
감사합니다. 덕분입니다.
이 세상 그 누구보다 당신을 사랑합니다."

나의 고백과도 같은 말에 깜짝 놀란 그는 나를 쳐다보았다.
나는 그의 뒤로 가서 살며시 웃으며 등을 감싸 안아주었다.
어쩌면, 남편이 나를 알아보지 못하는 것이 축복일 수도 있겠다.

어느새 죽음은 나와 그를 부모의 시선으로
애틋하게 바라보고 있었다.
그리고 죽음은 인자한 시선과 함께 천천히 말했다.

"언제나 환한 빛으로 머물다."

이순자

앞만 보고 열심히 달려온 나는 저녁노을이 펼쳐진 바닷가로 나갔다. 시원한 바람과 작은 파도소리가 들려오는 바닷가에 한 여인이 조용히 서 있었다. 흰색적삼과 옥색 긴치마를 입고 쪽머리를 하였는데, 누구를 기다리는 것처럼 바다를 하염없이 바라보고 있었다.

나는 여인에게 살며시 다가가 "까꿍." 하고 외쳤다. 여인은 "깜짝이야!"라며 뒤를 돌아보았다. 나의 어머니였다.

그 어느 날.

조금 구부러진 허리, 가방을 멘 어깨, 보따리를 이고 있던 머리로 어머니는 우리 집에 온 것이다. 보따리 속에는 고추, 마늘, 콩, 따뜻한 떡 등이 들어 있었다. 어머니의 사랑을 온 몸에 싣고 온 것이었다.

우리 어머니, 참 고생 많으셨다. 아들 셋, 딸 다섯을 키우고 농사일 하느라 가을바람이 불면 언제나 손끝이 갈라져 있었다. 이제야 크게 외쳐본다.

"어머니 사랑합니다! 존경합니다!"

어머니는 자녀들을 결혼시키고 손주까지 키워주었다. 그 손주가 자라서 읍내에 있는 고등학교에 다니게 되었을 때 손주와 같이 자취도 하셨다. 집에서 편하게 쉬어도 될 터인데 기어코 손주에게 밥을 해주었던 것이다.

어머니는 가난한 가운데 자녀들을 키우느라 오랫동안 고생하셨다. 그러나 몸은 건강하셨다. 병치레는 없었지만 무릎이 아파 힘들어 했었다. 돌아가시기 한 달 전, 병원에 입원을 하셨다. 수술을 하면 살 수 있는 가능성이 20%였지만, 어머니는 끝까지 수술하지 않고 본향에 가겠다고 하였다.

어머니는 옥색 긴치마를 바람에 날리고 두 손을 흔드시며 하늘로 걸어가셨다. 내 마음의 온기를 그곳까지 전달할 수 있을까? 어머니의 철학, 어머니의 생각, 어머니의 마음, 어머니의 감정은 오늘도 나의 일상을 비치고 있다.

나는 하고 싶은 일과 이루고 싶었던 일들을 하면서 열심히 앞만 보고 달려왔다. 어린 시절에는 부모에게 기쁨과 자랑이 되고 싶었다. 공부도 잘 하고 싶었다. 그런데 가난했던 시골에서는 상급학교에 갈 수가 없었다. 그래서 14살에 부산으로 오게 되어 지금까지 부산에서 살고 있다.

그렇게 열심히 살았지만 죽음은 천천히 다가왔다.

두 아들은 울면서 나를 부른다.

"엄마! 엄마!"

남편은 아무 말 없이 먼 하늘을 바라보고 있다.

'나의 소중했던 사람들, 나의 기억들 안녕.'

"보고 싶은 엄마, 그곳에서 만나요."

죽음은 나에게 조용히 말했다.

"너 성실하게 잘 살았어."

이정숙

# 사랑받으며 사랑하며

삶이 유한하다는 것을 깨우치게 하는 죽음을 생각하였다.
스치는 바람에 나뭇잎 향기를 느끼며 맨발로 산길을 걷고 있다.

나의 마지막 온기를 전해 주고픈 단 한사람을 떠올리니
하염없이 눈물이 흘렀다.
뚜벅뚜벅.
삶의 모양을 생각하게 하는 발자국 소리가 들린다.
"엄마, 엄마."라고 부르는 지원이의 목소리가 들렸다.

사랑하는 나의 아들이구나!
어미의 직감이 맞았다.

"네가 탄생하던 날,
이 지구를 다 얻은 듯한 뿌듯함과 자랑스러움이
온몸을 휘감았단다.
존재 자체로 고맙고 감사한 시간들이었지.
부모와 자식으로서 소중한 인연이 됨에 기뻐하기도 했어.
아들아,
우리는 할 수 있는 한 많은 것을 경험하게 하고 싶었고
사랑을 주려고 노력하였단다.
이제는 마지막 온기를 너에게 주고 싶구나.
사랑받으며 사랑하며 잘 살아가길 바란다."

마음으로 몸으로 아들을 안아 보았다.
뜨거운 눈물이 펑펑 쏟아졌다.

나의 죽음이 우리를 덤덤히 쳐다보고 있다.
그리고 죽음은 나의 묘비명에 이렇게 글을 새겨줄 것이다.

사랑받으며,
사랑하며,
가치롭게 살다간 당신은 참으로 잘 살았네.

그렇게 시간이 흘러 흘러 갈 것이다.

이현자

# 부드러운 바람이 뚜벅뚜벅 걷던 날

내 삶을 돌아보게 해준 죽음과
보문호숫가를 거닐고 있었다.
바람을 느끼며
부드럽게 흔들리는 수양버들의 모습은
아름다움과 시원함을 선물해 주었다.

눈동자가 유난히 빛났던 그 남자.
한손에 노오란 귤을 들고
내 앞을 향해 뚜벅뚜벅 걸어오고 있었다.
"저기요."
나를 부르는 거겠지?

"귤 하나 드실래요?"

나의 갈증을 알아채는 듯했다.

남자는 명랑한 목소리로 얘기했다.

"당신은 나에게 새로운 삶을 만들어준 고마운 사람이에요."

아,

젊었을 적 나의 남편이었구나.

아,

삶과 죽음 사이에서

내 영혼에 제일 많이 새겨져 있는 존재구나.

부드러운 바람이 지나가듯

따뜻하게 남편을 안아본다.

죽음은,

까마득한 추억의 보따리를 꽁꽁 싸매고 다가와서는

지금 이 순간 풀어놓는다.

"사랑하고, 잘 살았으니 미련 없이 갈란다."

여보, 사랑했어요.

지금도 사랑하고

앞으로도 사랑할 거예요.

잘 갈 수 있도록 해 주어 고마워요.

전복선

# 정민아 규빈아

내 사람들의 소중함을 일깨워준 죽음의 손을 잡고
숲속 산책을 나섰다.
시원한 바람이 머리를 쓰다듬고
숲의 향기가 코끝을 스쳐가는 아침이다.
적당한 햇빛이 나무 사이를 비춰
나의 머리카락에 반사되었다.

긴 머리를 찰랑이며 걸어오는 정민의 옆에
포니테일로 시원하게 머리 묶은 규빈이가 나란히 손을 잡고
나를 향해 바쁜 걸음으로 걸어오고 있다.

정민아.

나의 목소리가 들렸을 텐데

정민이는 나를 보고 대답하지도 멈추지도 않은 채

나의 옷깃을 스쳐 지나간다.

규빈아.

더 크게 불렀는데도 내 아기는 어미 목소리를 듣지 못하고

언니와 함께 숲길 끝 너머로 종종 걸어간다.

뒷모습이 사라져 버리기 전에

나는 있는 힘껏 아이들 쪽으로 한달음에 달려간다.

정민아, 규빈아.

너희들은 내 삶의 축복이야.

두 딸의 볼을 비벼보고 손도 따뜻하게 만져보고

힘껏 안아 등을 쓰다듬어 보기도 했다.

정민이과 규빈이는 한없이 눈물을 흘렸다.

나의 가슴은 애틋함으로 가득 차올라

목구멍에서 꺼이꺼이 울음이 터져 나왔다.

내 소중한 아가들아!

너희는 엄마에게 너무도 감사한 존재들이야.

내 삶을 완성시켜 주어 고마워.

더 표현하지 못하고 살아와서 미안해.

사랑해, 사랑해.

너희는 너희들의 삶을 오롯이 완성해 나갈 수 있어.

나는 언제나 너희들 마음속에서 살고 있을 거란다.

언제나 든든하게 너희들을 지켜줄 거야.

내 친구인 죽음은 먼발치에서

우리의 아름다운 이별을 감사함으로 바라보고 있다.

그리고 죽음은 그림을 그리듯 심혈을 기울여 말했다.

"그래. 이곳까지의 아름다운 여행을 잘 마쳤구나."

그래, 복선아.

아름다운 여행이었어.

전숙향

# 순간에서 영원으로

죽음의 순간에서
영원한 사랑을 맞이한 당신!

너무 외로워 죽음의 손을 잡았나요?
그 순간 달려가 '사랑의 영혼'을 선물하고 싶어요.

파란 공기를 마시러 갈까요?
초록 향기도 맡으며
손끝에 스치던 꽃잎의 촉감을 기억하시나요?

혼자 잠드는 순간이 얼마나 적막하셨나요?

저와 함께 무지개를 타고 여행을 떠나요.
솜사탕 같은 비행을 하면서요.

싱그러운 햇살을 느껴보아요.
그곳에 나의 손길이 있답니다.

바람이 보이나요?
그 속에 아직도 당신의 열정이 불타고 있어요.

한 번 더 하늘에 빠져볼까요?
당신의 눈동자 속에도 푸른 바다가 출렁이네요.

아직은 때가 아니랍니다.
소풍을 끝내기엔 너무 이른 시간이거든요.
사랑을 받기 위해 태어난 당신.
당신의 사랑은 아직도 진행 중이지요.

당신은 소중한 사람!
혼자 눈뜨는 아침은 사라졌어요.
온통 당신을 위한 세상이 되어 있을 테니까요.
이제, 당신은 혼자가 아닙니다.

묘비명.

죽음의 순간을 영원한 사랑으로 승화시킨 당신을 추억합니다.

최경순

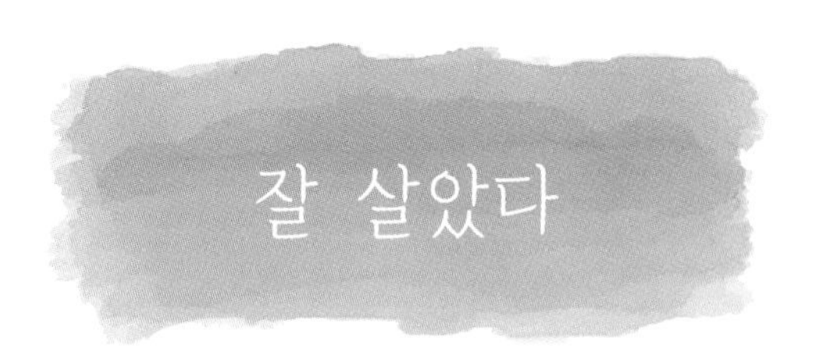


내 꿈을 키워준 죽음과 함께 산책을 나갔다.
내가 가장 좋아하는 날씨,
비온 후 깔끔한 공기와 하늘이 함께한 그날이었다.

창 모자를 쓰고 나를 바라보며 저벅저벅 걸어오고 있는 그가
어렴풋이 보인다.
'왜 아무 말이 없지?'
그는 나에게 다가왔다.
나의 팔을 만지고 거칠어진 손으로 내 얼굴을 만지고
눈에는 눈물이 그렁그렁하다.
"우리 이쁜 순이. 지금도 이쁘구나."

나는 말할 힘도 없어서 눈빛으로 답을 한다.

"당신에게 하고 싶은 말이 있어.
 들어줄래?
 당신은 축복의 통로였어.
 당신을 통해 하나님은 나를 단련시켰고 깨워주셨어요."
그리고 그의 손을 잡았다.
힘이 없었지만 최선을 다해 꼭 잡았다.
젊었을 때도 우린, 손잡는 것을 좋아했다.

당신 덕분에 행복했고 즐거웠어.
당신, 복 받을 거야.

죽음은 가만히 우리 두 사람을 바라보며 말했다.
"지금까지 잘 살아왔다.
 후회 없이 살면서 가고 싶은데 가고, 하고 싶은 거 하면서
 서로 의지하면서 잘 살았다."

나의 묘비명에는 이렇게 글귀가 새겨졌다.
'스스로 예쁜 여자라고 말하며 당당하게 살다간 한 사람.
 사랑한다. 축복한다. 미안하다. 잘 살았다.'

내 모든 삶은 선물이고 축복이었다.

최수미

# 그 눈빛 그리고 고마워

그 날은 유난히도 따사로운 봄볕이 나의 온 몸을 감싸 안았다.
그랬다.
'뒤돌아보니 세상은 언제나 나에게
봄 햇살 같은 따뜻함을 주고 있었구나.'라는 생각에
가슴이 벅차오르고 모든 시간이 감사함으로 물들었다.

그는 아련하고 애틋함으로 천천히 나에게 다가왔다.
우리는 서로 아름다운 눈을 바라보았다.
사랑이었다.
서로에게 무심한 존재로 살다가
어느 순간 인연이 되어

서로에게 안온함을 주는,
없어서는 안 될 존재가 된 우리.

그는 저벅저벅 사랑을 담은 발걸음으로 나에게 다가오고 있었다.
우리는 서로 마주보고 아무 말도 할 수가 없었다.
그래도 알았다.
서로에 대한 마음을….

그의 눈빛은
언제나 따뜻함이 배어있었다.
나를 처음 본 그때도 이런 눈빛이었다.
내가 이 세상을 살아오면서
사람의 눈빛에 저렇게 따뜻함이 묻어날 수 있음을
처음 알았다.

내가 반한 그 눈빛.
처음 봤던 그 눈빛으로 나를 보고 있는 그.
언제나 내 옆에서 나를 지켜주고 바라봐주는 그 눈빛.
세상에 얼어붙어 있을 때 그 얼음을 녹여준 따스한 눈빛.
내가 가장 좋아하고 사랑하는
그 사람의 따뜻한 눈빛이 오늘도 나를 바라보고 있었다.

"당신 정말…. 고마워….

나에게 사랑을 알려준 사람이야.

마음 밭이 메말라 있던 나에게

사랑의 감정을 알려준 너무나 고맙고 고마운 사람이야.

그래서 나에게 얼마나 귀한 존재인지 몰라.

고마워요.

내 소중한 사람.

나에게 하나뿐인 내 사람, 내 사랑.

사랑해요…. 사랑해…. 너무나….

당신 덕분에 사랑을 알게 됐고,

당신 덕분에 내가 나로서 온전해 질 수 있었고,

당신 덕분에 웃을 수 있었고 행복했어요.

당신을 만나 이런 행복을 누리고 갈 수 있어서

너무나 고마워요.

내 사랑…."

그는 가만히 내 이야기를 듣고 있었다.

눈가에 눈물이 맺히면서 고개를 살며시 끄덕였다.

우린 서로에게 더 없이 사랑을 주고받는 존재였다.

죽음은 우리를 더욱 애틋하게 만들어 주었다.

서로에 대한 소중함을 더 알게 해줬고,

서로에 대한 사랑을 더 갖게 해줬고,

같이 하는 일상의 행복함을 일깨워줬다.

그랬다.

그리고 죽음은 나에게 말했다.

"내가 주는 모든 것을 잘 이겨내고 잘 겪어냈구나.

잘 했다. 잘 해냈다."

그리고 나는 나에게 말한다.

"선물 같은 내 인생 고마워. 내 삶아! 고마워!"

최정선

# 눈물을 닦아주며<br>따뜻한 커피 한잔을 건네며

삶을 마무리하는 오늘, 여느 때보다 더 평온하고 여유 있게 눈을 뜰 수 있는 아침이다.

블라인드를 올리고 창문을 여니 따스한 햇살과 살랑이는 바람이 기분 좋은 하루를 시작하게 한다.

작아진 어깨지만 두 팔을 펴고, 마른 두 다리지만 힘을 다해 자박자박 나를 향해 미소 지으며 다가오고 있다.

"일어났어요?"

창가에 서 있는 내 귓가에 작고 떨리는 목소리에서 따뜻함이 느껴졌다. 희미하게 떴지만 동그란 눈동자에는 내 모습이 비쳤다. 백

발이 되었지만 나에겐 그저 멋있기만 하다.

"잘 잤어요?"

안부를 물으며 이내 다가와 나를 살포시 안고 어깨를 토닥여 준다. 서로의 가슴과 어깨, 볼이 닿고 보드라운 살갗에 포근해진다.

"고마워요. 항상 함께해줘서, 정말 고마워요."

떨리는 목소리로 내뱉은 말과 함께 눈물이 가슴에 떨어져 먹먹해진다. 울음이 더 커져 흐느꼈지만 그런 나의 어깨를 토닥이고 머리카락을 쓰다듬어 주었다. 마주 안은 가슴도 떨림이 느껴진다.

"내가 더 고마워. 내가 더 사랑해."

죽음은,

따뜻한 커피 한 잔을 담고 온기와 향을 선물하듯 우리 부부를 한 발 떨어져 바라보고 있다.

눈물을 닦아주며 따뜻한 커피 한 잔을 건네며

죽음이 나에게 말했다.

"고생했어. 잘 살아왔어."

한효원

# 이제 모든 것이 편안하다

시간의 유한함을 깨닫게 해준
고마운 죽음과 함께 걷는다.
유유히 흐르는 물줄기를 따라
시선이 하늘에 머문다.
맑고 투명한 하늘,
신선한 초록의 향,
그날과 꼭 닮아 있다.
돌멩이로 물수제비를 뜨며
애써 웃어 보이던 그때.
하늘빛이 햇살이 너무 아름다워서
슬펐던 그날이 떠오른다.

저 멀리서 누군가 걸어오고 있다.
왠지 모를 반가움에 손을 힘차게 흔들어 본다.
입가에는 미소가 지어지고 발걸음이 빨라진다.
점점 다가온 그리움과 반가움에
그녀를 힘껏 끌어안아 본다.

"보고 싶었어……."
"그래 참 잘 살았다. 효원아 고맙다."

칭찬이 듣고 싶었던 건 아니었다.
그저 삶의 유한함을 알게 해준 고마움에
인생이 주는 감사함에,
하루하루를 살아갈 수 있었다 말하고 싶었다.

내가 가지지 못한 것에 대한 미련을 버리지 못하고
스스로를 자책하던 삶에서 작은 일상이 주는 감사함을 깨닫고
기쁘게 살아갈 수 있었다.

"내가 더 고마워. 언니야 사랑해."
우리는 손을 마주 잡았다.
아쉬움에 꼭 잡았던, 끌어안았던 그때와는 다르다.
손끝부터 느껴지는 따뜻한 온기로

충만한 기쁨이 느껴진다.
서로를 향한 따스한 시선에
눈가 주름에도 행복한 미소가 담긴다.
이제 모든 것이 편안하다.

가만히 우리를 바라보고 있던 죽음이 나에게 물었다.
"당신에게 인생은 무엇이었나요?"
그리고 난 조용한 목소리로 천천히 말했다.
"인생은 많은 시련과 고난을 주었지만,
그것마저도 축복이었고
선물 같은 인생이었다는 것을 알게 되었습니다.
선물 같은 삶을 살다 갑니다."

인 간사

생 사화복

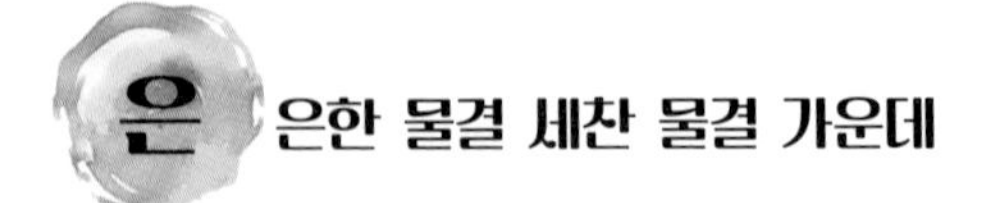
은 은한 물결 세찬 물결 가운데

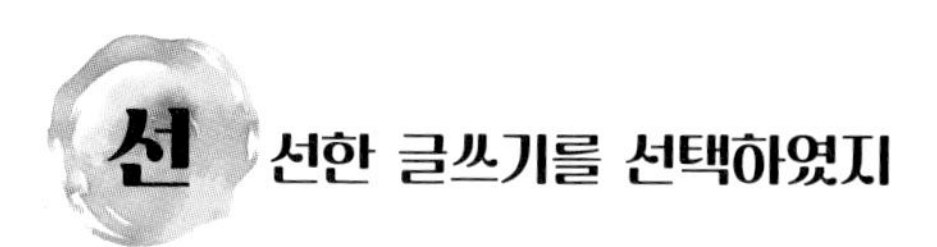

**선** 선한 글쓰기를 선택하였지

**물** 어보고 느껴 보고 울어 보고 웃어 보았지

**입** 술 씰룩 마음 씰룩, 울림이 있었어

**니** 캉 내캉 지구에 태어날 수 있었던 소중한 인생을

**다** 홍색 보자기에 고이 싸서 동지에게 전하여 보세나